婚約者が好きなのは妹だと告げたら、王子が本気で迫ってきて逃げられなくなりました

第一章　報われない気持ち

「――どうか、誰のものにもならないで。こんな気持ちを持ってはいけないことは分かってる。だけど、好きなんだ。僕は君のことがどうしようもなく……」


今から一年ほど前、私の婚約者が寝ている妹に想いを伝えている場面を偶然覗き見てしまった。

そのときの光景を思い出すと、今でも胸の奥が締めつけられるように苦しくなる。愛されているのは婚約者の私ではなく、妹だったのだと知った瞬間だった。


私の名前はアリーセ・プラーム。プラーム伯爵家の長女であり、現在十九歳。ミルキーブロンドのふんわりとした髪に、ストロベリー色の大きな瞳が印象的だとよく言われる。

私は王宮で働いているので、日頃からきっちりとした格好を心がけている。身長も周囲と比べると低いので、ヒールの高い靴を履いて誤魔化し、髪をアップにして、さらには眼鏡をかけてクールビューティーを演じているつもりだ。肌の色は白く、顔立ちは少し幼さが残るため、メイクでカバーして大人っぽく見せている。

私には物心がついた頃から婚約者がいた。彼の名前はルシアノ・ツェルナー。侯爵家の嫡男《ちゃくなん》であり私より二歳年上の二十一歳。さらさらのプラチナブロンドの長い髪を後ろで一纏《ひとまと》めにし、細身で背は高く、いつも柔らかい笑みをまとっている。

家同士の繋がりを目的とした婚約だったが、彼はいつも優しくて、そんなルシアノのことが大好きだった。たとえ政略結婚でも、きっと幸せな結婚生活を送れるのではないかと夢見るほどに。

しかし、そんな私の思いはあの日、あの瞬間に、無残にも崩れた。

当時、私は王都にある王立学園に通っていた。幼い頃から負けず嫌いなところがあり、伯爵令嬢ながら勉学にも勤《いそ》しんでいたので、成績は常に上位。そのおかげで同級生だった王太子と親しくなり、卒業後はぜひ自分のもとで働いてくれないかと誘われるほどだった。

あの言葉を聞くまでは、学園を卒業したらすぐにでもルシアノのもとへ嫁ぎたいと思っていたので、王太子の誘いを一度は断った。けれど、あんな場面を見て未来が見えなくなったので、結婚を先送りにするためにも両親に就職したいと話をしてみることにした。すると、両親は殿下に仕えることは名誉なことであり、私がやりたいのであれば応援すると後押ししてくれたのだ。そのあと、ルシアノにも伝えると、「結婚は急いでいないから、アリーがやりたいのならやってみればいいよ」と優しく受け入れてくれた。

そして現在、私はこの国の王太子であるヴィム・フレイ・ザイフリートのもとで事務官として働いている。私の仕事は主に彼の執務の補佐であり、仕事中は常に傍にいる。殿下とは学園時代からの知り合いなので、それなりにうまくやれていると思う。相手は王太子なので緊張することもあるのだが、私が少しでもリラックスして仕事ができるようにと、彼は私の前では素の姿で接してくれている。

ヴィム殿下は私と同い年の十九歳で、金色の柔らかい髪に、吸い込まれそうな碧い瞳を持つ。そして、誰もが見惚れてしまう端麗な顔立ちに、すらりと伸びた手足に引き締まった体。普段から姿勢も美しく、いかにも王子然とした風貌なのだ。

一つ疑問なのは、王太子であるにもかかわらず、学生時代も今現在も婚約者候補の名前すら上がらないこと。立場がある人間なので隠しているだけだと思っていたが、不思議なほど女性の影はなかった。

「殿下、朝言われていた資料をまとめましたので、こちらに置いておきますね」

私は先ほど終わったばかりの資料の束を、彼が座る執務机の脇に置いた。

「ああ、相変わらずお前は仕事が早いな。助かるよ」

「いえ……、仕事なので当然です！」

殿下は私が作った資料に軽く目を通すと、「さすがだな」と感心したように呟く。私は当然だと答えたが、褒められると嬉しくて顔がにやけてしまいそうだ。

王立学園のカリキュラムは、勉学や貴族の作法を学ぶだけではなく、優れた生徒を見つけ出して王宮で働いてもらう目的もあった。

卒業後、私は王宮事務官の試験を受けた。難しい試験に合格しないと王宮の職に就くことはできない決まりになっていて、難関だったがなんとか合格することができた。ちなみに事務官の他にも、近衛騎士団や薬師などさまざまな部門が存在する。

王宮で働くことは名誉なことであり、優秀であるという証。だからこそ、私の両親も反対することなく快く受け入れてくれたのだろう。

自分の能力を認められることは、素直に嬉しいものだ。私は決して天才肌ではなく、努力してここまで上り詰めたからなおさら。

「話は変わるが……、今ここには俺とお前しかいない。だから『殿下』と呼ぶ必要はないと言ったはずだが？」

殿下は碧色の瞳を資料から私に移動させると、不満そうな声音を響かせた。

「お気遣い感謝いたします。しかし、私は殿下に仕える身ですし……」

不意に視線が絡み、咄嗟に言い返してしまう。もう何度も顔を合わせているのに、目が合うとドキッとしてしまうのは、彼が王太子という特別な人間だからなのだろう。

今は自身のことを『俺』と言っているが、公の場では『私』と言うし、こんなに砕けた話し方はしない。私が仕事をしやすくするために配慮してくれているようなのだが、本当にこれでいいのかと考えてしまう。

(たしかに同級生ではあったけど、相手は王太子よ。気を抜くなんて無理！　二人きりのほうが緊張するってこと、いい加減気づいてほしいものだわ……)

執務室にいるのは私と殿下だけだ。これはたまたまではなく毎日である。私が心の中で文句を言っていると、彼はふうっと息を吐き椅子から立ち上がった。その間、碧色の瞳は真っ直ぐに私だけを捉えていて、視線を逸らすこともできずそわそわとしてしまう。私が動揺していると、いつの間にか殿下は目の前に立っていた。急に距離が近くなり、鼓動が高鳴る。

「前々から思っていたんだが……。お前、目は悪くはなかったよな？　どうして眼鏡なんてかけているんだ？」

「そ、それはっ……、そのほうが真面目に見えると思いまして。ちなみにこれは伊達です」

「そのいかにも真面目そうに見える服装もそれが理由というわけか」

「はいっ！　私は王宮事務官に選んでいただいた身です。それ相応の服装が好ましいですよね」

思わず自慢げに答えると、彼は目を細めて私のつま先から頭の上まで眺めた。その表情は明らかに不満そうだ。

（もしかして……なにか変？）

そう思うと次第に不安になっていく。今日はダークブラウンの落ち着いた色のワンピースを着ているのだが、童顔の私には少し大人っぽすぎたのかもしれない。彼は表情を変えないまま私の顔に手を伸ばすと、眼鏡の縁を持ち上げて外した。

「えっ、な、なにをするのですかっ！」

慌てて眼鏡に手を伸ばそうとすると、彼はそれを遠ざけた。

「違和感しかないから、この眼鏡は必要ない。それから、その高すぎるヒールも履くな。今日、何度転びそうになった？」

「うっ……、それは」

「その地味すぎる服もお前には全然似合わないから却下だ」

全て否定されてしょんぼりと肩を落としていると、殿下は「そんな顔をするなよ」と言って私の顔を覗き込んだ。顔を上げると彼の端麗な顔がすぐ近くにあり、動揺して後退《あとずさ》りしてしまう。高いヒールのせいでバランスを崩して転びそうになった瞬間、ふわりと受け止められた。

「本当に危なっかしい。言った傍から転ぼうとするなよ」

気づけば私は殿下の腕の中にいて、慌てて胸を押し返した。彼の温もりを感じると心臓が飛び出てしまうのではないかと思うほどドキドキし、顔の奥から沸き立つような熱を感じる。

(殿下に対して、な、なんてことをっ……!)

早く離れたいのに今度は手首を掴まれ、殿下との距離は未だに近いままだ。

「おい、また転ぶ気か？　動くな……、というか少し落ち着け」

しばらくすると頭上から呆れたような声が聞こえてくる。

「も、申し訳ありません！　あの、落ち着きましたから、そろそろ離してくださいっ……」

こんな状態でいたら、いつまでたっても落ち着くことはできない。私が俯《うつむ》きながら答えると、「分かった」と耳元で低い声が響き、それから間もなくして殿下は静かに離れていった。ようやく彼から離れることができて安堵する反面、まだ頬の火照りは残ったままだ。

「お前ってさ、仕事はきっちりとこなすくせに、変なところが抜けているよな」

こんな出来事の直後だったため、私は言葉を詰まらせた。

「事務官に服装の決まりはないし、無理に地味な格好をする必要なんてないよ。さすがに派手なドレスを着てこられたら周りは驚くかもしれないが、仕事に支障が出なければ別に問題ない」

「それならこの服装でも問題ないですよね？」

私が文句を言うと、殿下は大袈裟《おおげさ》にため息を吐いた。

「問題ない……？　大アリだろ。このなんの意味もない眼鏡は邪魔なだけだし、その靴は危なっかしくて気になって仕方がない。今お前が着ている服も違和感がありすぎて、俺が仕事に集中できなくなるからやめてくれ」

「それは、すべてだめってことなのでしょうか？」

「ああ、すべてだめだな。明日からは変な気を遣わず、お前らしい格好で来てくれ。また今日のような格好をしていたら、俺が用意した服に着替えてもらうから」

私は言葉には出さなかったが、『ひどい』と目で訴えた。

「そんな顔をしても無駄だ。これでもしばらくの間は我慢していたんだ。お前だって余計なことに気を取られずに気持ちよく仕事がしたいだろう？」

「それは、そうですけど……」

「だったら、明日からはその格好はしてくるなよ。ここに通いはじめた頃の格好で構わないから」

「はい……、分かりました」

私は渋々そう答えると小さく頭を下げた。たしかにこの格好は動きづらいし、自分でも違和感を持つくらい似合っていないと感じていた。そういう意味では、はっきり言ってもらえてよかったのかもしれない。

「今日はもう上がっていいぞ」

「え？　でもまだ大分早い気がしますが……」

「問題ない。今日の分の仕事はもう終わっている。お前は要領がいいし、丁寧に仕事をしてくれるから助かっているよ。いつもありがとう」

「いえ、私は当然のことをしているだけで……」

突然褒められると狼狽《うろた》えてしまう。殿下は思ったことをはっきりと口にするタイプであるが、褒めることも決して忘れない。だからこそ、彼のもとで仕事をすることが苦に感じないのだろう。

「謙遜する必要はない。もし早く帰ることが気になるのなら、服装選びの時間に使ってくれ」

「……分かりました、それではお先に失礼します」

私は会釈して、荷物を持ち執務室をあとにした。

(服装選び、か……。余計なことを考えすぎたってことよね。邸《やしき》に戻ったら明日から着ていく服を選ばないと)


邸《やしき》に帰ると、入り口に馬車が止められているのが目に入った。誰か来ているのかしら、と思いながら歩いていると、普段よりも数時間早く帰宅した私を見て、なぜか使用人たちは動揺を見せた。

「アリーセお嬢様、今日はずいぶんとお早いお戻りなのですね……」

「今日は早く仕事が終わったの。邸《やしき》の前に馬車が止めてあったけど、誰かいらしているの？」

なんとなく気になり尋ねてみると、使用人は顔色を曇らせ小さく頷いた。

「……はい。ルシアノ様がいらしております」

「え？　ルシが来ているの？」

今日彼が邸《やしき》に来るという連絡は受けていなかったから、驚いて聞き返してしまう。しかし、使用人の動揺ぶりから、どういう状況なのかなんとなく理解できてしまった。

「ルシは今どこにいるの？」

「それは……。ニコル様の部屋にいらっしゃいます」

使用人の言葉を聞いて私は目を細めた。想像したとおりだ。

「どうして、私の婚約者がニコルの部屋にいるの？」

「先日から、ニコル様の勉強を見ていらっしゃるようでして……」

「ニコルは学園に通っているのに？」

「はい。学園の授業を終えられたあとにニコル様と一緒に邸《やしき》にいらして、数時間教えていらっしゃいます」

初めて知る事実に驚きを隠せない。二人が特別な関係であるかもしれないことは知っている。しかし、私に黙って会っているとは思いもしなかった。使用人を責めるつもりはないけれど、口調が強くなってしまう。

わずかに震えている自分の掌をぎゅっと握りしめ、心を落ち着かせた。

「ごめんなさい。少し驚いてしまったの。今、ルシはニコルの部屋にいるのよね？」

「は、はい……」

「分かったわ、ありがとう」

私はそう短く告げると、階段を上がりニコルの部屋へ向かう。

（私が仕事でいない時間に、堂々と邸《やしき》で逢引き……？　信じられない……）

呆れと動揺から足取りは重かった。前進するたびに心の中にもやが広がり、苛立ちや不安で心拍が徐々に速まっていく。

そんなことを考えていると、あっという間にニコルの部屋の前に辿り着いた。心を落ち着かせるために一度深呼吸をし、わずかに扉を開く。

「……僕は、やっぱり君のことが好きだよ」

「私もルシ様のことが好き。このまま時間が止まってしまえばいいのに……」

扉の隙間から聞きたくない言葉が次々と飛び込んでくる。

ニコルと私は実の姉妹ではない。私には双子の妹がいたのだが、幼い頃に不慮の事故に遭い短い生涯を終えてしまった。それがきっかけで母は極度の鬱《うつ》状態になり、心配した父が妹の代わりにと養子をとることに決めた。それがニコルだった。

私とニコルは髪色だけは同じだが、それ以外はまったく違う。ニコルは一つ年下の十八歳であるが、成長期を迎えると身長は私の背丈を超え、さらには美しい容貌に変わっていった。くせのないさらりとした長い髪に、瞳はオレンジ色をしている。童顔の私とは異なり大人っぽさもあって、夜会に参加するとニコルの周りには多くの異性が集まってくる。人当たりもいいので、打ち解けやすいのだろう。ニコルを狙っている子息は少なくないはずだ。

母はニコルを死んだ妹の生まれ変わりだと信じ、過保護に可愛がりすぎた。そのせいでニコルは少し我儘《わがまま》な性格になってしまった。けれど、ニコルが来たことで邸《やしき》には明るさと平穏が戻ったので、私はよかったと思っている。それなのに……、こんなことになるなんて。

（ニコルもルシのことが好きだったの……？）

私は混乱していた。一年前にルシアノのあの発言を聞いてから、彼のニコルへの想いは一方通行だと思い込んでいたからだ。

学園に通いはじめるまでは三人で一緒に過ごすことが多く、もともと愛想がよかったニコルはすぐにルシアノとも打ち解けて仲よくなった。とはいえ、ルシアノは私にはいつも優しく接してくれたし、婚約者としての自覚も持っているように思えた。

私だけが王立学園に通い、二人は貴族学園に通っていたので、会う時間は以前より少なくなった。しかし、休日になると必ずルシアノは邸《やしき》に来てくれたし、街にも連れていってくれた。周囲にはいい婚約者に映っていたに違いない。

けれど、実際は私に隠れて妹を口説いていたのだろう。私に会いに来ることすら、彼にとっては妹に会う口実にすぎなかったのかもしれない。

私はあの日ルシアノの気持ちを知ったあとも、一時的な気の迷いかもしれないと思い、見て見ぬふりを続けてきた。三人の関係が壊れることを恐れ、認めたくなかったのだ。

しかし、実際はすでに心を通じ合わせていたという。それを知った瞬間、私の中で糸がぷつんと切れたような気がした。裏切られた怒りもあるけど、それ以上に虚しくなって、もうどうでもよくなった。

(こんなことならもっと早くに見切りをつけておくべきだった……)

私は躊躇《ちゅうちょ》することなく扉を大きく開け、ズカズカと部屋の中へ入っていく。案の定二人は抱き合っていて、私に気づくと驚いた顔を浮かべ慌てて離れた。

「アリー、なんでここに……」

「なんでって、それはこっちの台詞《せりふ》よ。私がいない間を狙ってコソコソと会っているなんて思いもしなかったわ」

ルシアノは狼狽《うろた》えた様子で声をかけてきたので、私は淡々と答えた。

「お姉様！　こ、これは、ルシ様に勉強を教えてもらっていただけですっ！」

今度は慌ててニコルが言い訳をはじめる。しかし、この状況で言われても説得力はない。私は目を細めて二人を交互に見つめた。

「勉強……？　『君のことが好きだ』とか『私もルシ様が好き』とか言って抱き合っておいて、よくそんなことが言えるわね。密会の間違いじゃないの？」

「そ、それはっ……」

私が一部始終を見ていたことを知ると、二人は重い表情を浮かべ押し黙った。正直なところ、私はこれ以上二人を責める気力なんてなかった。もうどうでもいい、そう思いはじめていたからだ。

「実は、以前からルシの気持ちは知っていたの。だから、隠す必要なんてないわ」

「え……？」

「一年くらい前、寝ているニコルに気持ちを伝えている場面を偶然見てしまったから」

私が静かに言うと、ルシアノは驚いた表情を見せて、ニコルは「ごめんなさい、お姉様……」と泣きそうな顔で頭を下げた。

（認めるのね……）

正直、謝られたところで私の気持ちは穏やかにはならないし、簡単に許せるほど寛大な心は持っていない。

「別にもういいわ。そんなに思い合っているのなら二人が結婚すればいいだけのことでしょ？　私はルシとの婚約を白紙に戻させてもらうから、あとは二人で好きにして」

「ま、待ってくれっ！」

私が一方的に話を進めると、ルシアノが焦った形相で反論してきた。

「私はあなたの婚約者を降りるって言っているのに、なにか不満でもあるの？」

「婚約については家同士が決めたものだ。そんな簡単には……」

「ルシが私から妹に乗り換えるのだから、家の問題はないはずよね？」

苛立っていることもあり、感情が昂《たかぶ》りつい棘《とげ》のある言葉を吐いてしまう。

「それは……」

ルシアノは言い返すことができず、苦しそうな表情を浮かべた。すると今度はニコルが口を出す。

「お姉様、そんな言い方しなくても……。酷いわっ！」

「だって本当のことじゃない。二人は私に隠れてそういう関係になってずっと騙していたくせに。本当に酷いのはどっちのほうなのかしら」

私が言い返すとニコルは言葉を詰まらせ、再び黙り込んでしまった。

「このことはどちらから両家に伝えますか？　私からでも構いませんが、その場合は二人の関係を率直に伝えます」

「アリー、待ってくれ。そんなに急に言われても困る」

「困る……？　困ってなんですか？　ずっと私のことを騙し続けていたくせに、どれだけばかにすれば気が済むの？　最低ね」

自分の都合ばかりを優先しようとするルシアノに冷たい視線を向けた。この期に及んで、事実を認めようとしない態度がどうしても許せない。

「……ごめん。だけど、少しだけ待ってほしい」

「少しって、どれくらいですか？　私は浮気をするような婚約者なんていりません。今すぐにでもルシとの婚約は解消したいくらいよ。そのほうが二人にとっても好都合なはずでしょ。コソコソする必要がなくなるのだから……」

そのあとは完全にだんまりで、これ以上の進展は望めなかった。仕方なく私が折れてしばらく待つということで話はついたのだが、どんな言い訳をされようが私の気持ちは変わらないだろう。

（絶対にルシとの婚約は解消するわ……）

そう心に強く決めて部屋に戻った私は、時間とともに冷静になっていった。気持ちが落ち着いてくると、勢いであんなことを言ってしまったことを少しだけ後悔した。裏切られたことはどうやったって許せない。けれど、私がルシアノを好きだったことは事実であるし、ニコルのことは本当の妹のように思っていた。

（私たちの関係は、これからどうなってしまうんだろう……）

そう思うと心の中は不安でいっぱいになる。しかし、考えても答えなんて出るはずもなく、口から漏れるのはため息ばかりだ。それに、二人が思い合っていることを知ってしまった以上、私には身を引く選択肢しか残っていない。惨《みじ》めな思いをしてまでルシアノに縋《すが》りたくない。一年前から彼の気持ちを知っていたこともあり、それほど落ち込むことはなかった。


それから数日がすぎた頃、大きな花束を抱えてルシアノが邸《やしき》を訪れた。私との婚約を白紙に戻し、ニコルと婚約を結ぶお祝いとして持ってきたのだろう。たまたま大広間にいた私は運悪く彼と目が合ってしまう。すると、ルシアノはぱっと笑顔を浮かべた。

「ああ、アリー。遅くなってごめん」

「ニコルなら自室にいるわ」

彼の白々しい態度に呆れて、私は眉を顰《ひそ》めた。そんな私の表情を見てルシアノは一瞬だけ悲しそうな顔を浮かべた。

「今日はアリー、君に会いに来たんだ」

「あの話をしに来られたのですか？」

あの話というのは私たちの婚約解消の話だ。この件は保留にしてあるので、両親にはまだ伝えていない。もしかしたら、彼は今日その話をしに来たのかもしれない。

「その前にもう一度、君とちゃんと話をしたいと思って……」

「話すことなんて、もうなにもないはずです」

私はルシアノを睨みつけ、静かに答えた。

そんなとき、タイミング悪く母が通りかかった。母はルシアノを見つけると嬉しそうに近づいてくる。

「あら、ルシアノ様、いらしていたのね」

「プラーム夫人、急に訪ねてしまい申し訳ありません」

「そんなことはないわ。アリーに会いに来たのでしょ？　あらまあ、素敵な花束ね。アリーの好きなピンクのバラだわ」

「はい。アリーには迷惑をかけてしまったので……。これで僕の気持ちが伝わるといいのですが」

私は二人の会話をただ眺めることしかできない。ここで取り乱したりしたら母が変に思うからだ。

そんな私の気持ちとは裏腹に、二人は楽しそうで複雑な気分になる。

「そうなの？　だけど、いつもよくしてくださっているのだし、気にしなくていいわ。アリーだって、もう怒っているわけではないのでしょ？」

「え……？　それは……」

突然、母から話を振られて困っていると、今度はニコルがやってきた。

「ルシ様、いらしてたんですね！」

「うん……」

「わぁ、素敵なお花。お姉様、よかったですねっ！」

ニコルはなにもなかったかのように、にっこりと微笑んだ。私だけが腑に落ちない気持ちを抱き、他の三人は仲よさそうに話している。なにも事情を知らない母の態度は分かるが、ルシアノとニコルの白々しい様子に私は困惑していた。

「ニコル、邪魔しちゃだめよ。ルシアノ様はアリーに会いに来たのだから」

「分かっていますわ、お母様。私は賑やかな声が聞こえたから挨拶に来ただけです」

「そう、それならいいわ。アリーは早くルシアノ様を部屋に案内してあげなさい。いつまでもここで待たせておくのは失礼よ」

「はい……」

母に強く言われてしまい、私は渋々部屋にルシアノを招き入れた。本当は二人きりで話なんてしたくない。だから、用件だけ済ませてすぐに帰ってもらおうと考えていた。

ルシアノを部屋に入れると、テーブルを挟んで座ったのだが、彼は気まずそうな顔で口を閉ざし、なにも話そうとしない。

（話をしに来たんじゃなかったの？　どうして、黙るのよ……）

苛立ちを覚えた私は、気持ちを紛らわせるためにテーブルに置かれた花束に視線を向けた。ピンクのバラは私が一番好きな花だが、ルシアノが持ってきたと思うと腹が立った。

「アリー、本当にごめん。僕はアリーのことを傷つけてしまったよね」

「謝罪も変な演技もいらないので、早く婚約解消を進めてください」

「いや、僕は君との婚約解消を望んでない」

「……は？」

ようやく口を開いたかと思えば予想もしなかった言葉に驚き、私は気の抜けた声を漏らした。

「あの……、意味が分からないのですが……。ルシはニコルのことが好きなのでしょ？」

「……うん」

私が戸惑いながら問いかけると、ルシアノは弱弱しい声で答えた。まるで迷っているように見えて、私の苛立ちは増していく。

「だったら悩む必要なんてないじゃない」

「それは……。ニコルが心配しているんだ。もし僕がアリーとの婚約を白紙に戻して、ニコルとの婚約を申し込んだら、プラーム夫人の心をまた追い詰めてしまうのではないかって」

その話を聞いて絶句する。彼は母を言い訳に使った挙句、私の気持ちなど一切無視した発言をしたからだ。まるで脅されているようで気分が悪い。

「お母様を傷つけないために、私との婚約を解消できないと、……そういうことですか？」

「そうなるかな」

私が声を震わせながら問い返すと、彼はあっさりと認めた。

「でも、そうなると好きでもない私と結婚することになってしまうけど、ルシはそれでいいの？」

「アリーのことも好きだよ。今でも大切に思っているし、結婚は絶対にアリーとしたい」

ルシアノは私の顔を優しく見つめて答えたが、おそらくこれは演技だろう。けれど、彼の考えがよく分からない。問題を円満に解決できるチャンスだというのに、どうしてそれを素直に受け入れないのだろう。

「ルシが好きなのはニコルでしょ？　今さら、私に気を遣わなくてもいいわ。不愉快なだけよ」

「……ごめん。ニコルのことを放っておけなくて。表にはあまり出さないけど、自分が養子であることをずっと気にしているみたいでね。だからたまに話を聞いていたんだ」

「それでルシはニコルに手を出したの？」

「え？」

「話を聞くフリをしてニコルの弱みに付け入ろうとしたんでしょ？　最低ね。ルシが好きだなんて言わなければ、ニコルだってルシのことを好きにはならなかったかもしれない。私だってこんな気持ちにはならなかった……」

自分勝手なルシアノにいい加減我慢ができなくなり、私は強い口調で言い放った。

「ルシもニコルもお母様の心配をしているようだけど、私が傷ついていることは無視するのね」

「そんなことはないっ！　僕はもう絶対にアリーを傷つけないから……。もう一度だけ信じてほしい」

「ニコルのことを好きだと言ったルシのことを信じろって言うの？　私のことをばかにしているの？　そうよね……。私と結婚すればいつでもニコルに会えるし、浮気も気軽にできるものね」

「違うっ！　そんなことは……」

「私に隠れて会っていたくせに、ずっと騙していたくせに。そんな人の言葉なんて信じられるわけないわ。ルシの傍にいたら私はきっとまた傷つく。それでもルシは私と結婚したいと言うの？」

私がそう訴えると、ルシアノは苦しそうな表情をして黙ってしまった。

「ルシっていつも都合が悪くなると黙るのね。それ、すごくずるいことよ。黙っていたらなんでも逃げられるなんて思わないで！　なにも答えられないのなら私との婚約は解消して。ルシなんて大嫌いっ、もう出ていって！」

じわりと涙で視界が曇りはじめ、つい声を荒らげてしまう。ルシアノは「ごめん」とだけ言って部屋から出ていった。

静かになった部屋で今までのことを思い返すと色々な感情が込み上げてきて、涙が溢れた。私が好きになった相手は、こんなにどうしようもない男だったのだと思うと、それを見抜けなかった自分自身が情けなくて悔しくてたまらない気持ちになる。けれど、これで完全に彼のことはふっきれそうだ。

彼は私の気持ちなんてなにひとつ理解しようとしない。ルシアノにとって大切なのは妹のニコルだけだ。


「はぁ……」

翌日、私は王宮の執務室で大きなため息を漏らしていた。あんな出来事があったせいで、昨晩はほとんど眠ることができず、まったく仕事に集中できない。数分間隔で欠伸《あくび》とため息を繰り返していると、ヴィム殿下が私の座る机の前までやってきた。

「そのため息、何度目だ？」

「申し訳ありません。少し寝不足でして……」

殿下が心配そうな顔をしているので、私は苦笑した。

「珍しいな、お前がそんなふうになるなんて。なにか悩みでもあるのか？　話くらいなら聞けるぞ」

「大したことではありません……」

咄嗟にそう答えてしまったが、私にとっては大問題だ。ルシアノとの婚約解消を円満に片づけたいが、彼の家のほうが家格が上なので、こちらから申し出ることは難しい。

「お前が寝不足になるほどの悩みだろう？　それって大したことなんじゃないのか？」

「……分かりました」

（今日の殿下は優しいのね。もしかしたら殿下ならいい考えを見つけてくれるかもしれないわ！）

こんな話を彼にしてしまっていいのか悩んだが、特殊な内容なのでなかなか人には話しづらい。それに長引けば仕事に支障が出てしまい、殿下にも迷惑をかけてしまうことになる。早く解決したい問題なので、思い切って彼に話してみることにした。

「なんなんだ、その話は……」

殿下の第一声はそれだった。彼の今の態度から察するに呆れているのだろう。その表情を見て思わず苦笑した。

「婚約者が好きなのは妹なんです。私としては、この婚約をすぐにでも白紙に戻したいのですが、お母様のことを考えると、どう行動していいのか分からなくて……」

「要するに、お前は穏便に婚約を解消したいということで合っているか？」

「はい……。できることなら婚約者と妹をくっつけてしまいたいです。そうすれば両家とも穏便に解決できて、お母様にも心配をかけずに済みますから……」

婚約者の妹に手を出したなんて世間に知られたら、ツェルナー家の名に傷がつくはずだ。ルシアノと心を通わせたニコルも同様。貴族は噂が好きだから、きっと真実でないことまで言われるだろう。こんなことにこの先煩《わずら》わされたくない、というのが本音だった。

私が話し終えると、彼はしばらく考えこんでいた。やはり、こんな恥を晒《さら》すような話はするべきではなかったのかもしれない。沈黙に心がざわつく。

「変な相談をしてしまい申し訳ありません」

「いや、謝る必要はないよ。お前はなにも悪いことをしていないのだから。とはいえ、この状況が続くとお互い困るな。一つだけ、お前の悩みを簡単に解決する方法があるのだが……」

「え……⁉　本当ですか！」

私はその言葉に飛びついた。

「俺の婚約者のフリをしてもらえないか？」

「……は、い？　えっと、あの……、殿下の婚約者のフリって、そんなの絶対に無理です」

一筋の光が見えたと思ったけれど、想定外の言葉が飛び込んできて私は固まった。

「無理じゃない。お前が優秀なことは王宮では有名だ。引き受けてくれたら俺は助かるし、お前もすっきりと問題解決できる。こんないい条件、他にはないと思うが？」

彼は清々しい笑みを浮かべて、名案だと言いたげに告げた。

「あ……はは、たしかにすごく魅力的な条件だとは思いますが、私なんかが殿下の婚約者になんてたとえフリでもなれるはずがありませんっ！」

彼はこの国の王太子であり、他の貴族とは立場が違いすぎる。殿下はすごく気楽に話しているが、簡単に決断していいものではない気がする。

「一カ月後に隣国のパーティーに招待されている。そこに連れて行く女性を探しているんだ。生憎《あいにく》、俺には婚約者がいない。だから、どうしようか困っていたんだよ」

「それは絶対に婚約者じゃなければならないのですか？」

「俺の隣にいる女性を周囲は婚約者として見るだろう。俺もそのつもりで紹介しようと考えている。王太子でありながら、未だに婚約者がいないというのは少々問題があるらしいからな」

「なるほど……」

彼が婚約者を作らない理由は分からないが、周囲から急かされているのはなんとなく分かる。

(殿下は困っているのね……。いつも私のことを気遣ってくれるし、少しくらい手助けをしてもいいわよね。これはフリなのだし……、本当の婚約者になるわけではないわ)

事務官の仕事を勧めてくれたのも彼だし、学生時代には学業面でなにかと助けてもらった。だから、私にできることであれば協力したい。

「やる気になってくれたか？」

「フリでよろしいのですよね？　パーティーまでの一カ月間、死ぬ気で作法をマスターします！」

「大袈裟《おおげさ》だな。無理する必要はないよ。そんなことはしなくていい。今のままで十分だ」

私が気合を入れて力強く答えると、彼は困ったように表情を崩して笑った。

「お前は俺の隣にいてくれるだけで構わないから。引き受けてくれるか？」

「はい……。それで私の問題も解決できるのであれば喜んでお引き受けします！」

少し不安は残るが、頭を悩ませていた問題を解決できると思うと安堵で表情が緩む。

「ありがとう、感謝する」

「いえ、こちらこそ本当に感謝いたします。……ですが、本当に私でよろしかったのですか？　婚約者のフリだとしても、殿下にふさわしい相手なら探せばいくらだっているのではないでしょうか」

私は不思議に思い首を傾げた。

「ふさわしい相手か。それならば、やっぱりお前以外には考えられない。誰よりも信頼しているのだから。でなければ、傍に置かないよ」

急にそんなことを言われて恥ずかしくなり、じわじわと頬が熱くなっていく。

「どうした、頬が赤いな。照れているのか？」

「殿下が褒めすぎるからっ……！」

「お前は素直に反応するから分かりやすくていいな」

私は一人で動揺していたが、きっと彼はからかっただけなのだろう。いちいち反応してしまうことが少し悔しい。

「プラーム伯爵家のほうには王家から後ほど正式に連絡しておく。そうすれば今の婚約者との関係は白紙に戻るだろう」

「分かりました。よろしくお願いいたします」

私は深々と頭を下げた。あっさり決まってしまったが、ここまできたらもう後戻りはできない。けれど、これは私自身が決断したことでもある。だからこそ、自分にできることを精一杯やりとげようと心に決めた。

（きっと、みんなすごく驚くわよね……。騙しているみたいで気が引けるけど、プラーム家のためだと思って気にしないようにしよう……）

考えごとをしていると、不意に彼の掌が伸びてきて私の頭上に優しく乗った。そして、今度は柔らかく頭を撫ではじめたので、慌てて彼を見た。

「あの、なにをなさっているのですか……？」

「やっぱり、この高さこそお前だって気がする。撫でられるのは嫌いか？」

「き、嫌いではないですが……。恥ずかしいのでやめてくださいっ！」

「照れているのか？　可愛いな」

「距離が近すぎますっ！」

「これから俺たちはフリでも婚約者になるんだ。こういうことにも慣れないとな？」

殿下は口端を釣り上げて意地悪そうに笑うと、私の耳元でそっと囁いた。耳元に彼の吐息が触れて、ぞくりとした感覚とくすぐったさに体が震える。慌てて彼から離れた。

「耳、弱いのか。可愛いな。これからよろしく頼むよ、俺の婚約者さん」

完全にからかわれたと思い、彼のことを睨みつけた。しかし、殿下は愉しそうな顔を浮かべたままだ。

学生時代から殿下が悪戯をしてくることはあったが、たまに程度だった。もしかしたら、私が思っている以上に、彼は意地悪なのかもしれない。

（私が過剰に反応するからいけないのよね。次からは、冷静に対処しよう……！）

それから数日後、殿下と私の婚約についての王命が下り、ルシアノとの婚約は白紙に戻った。両親は相当驚いていたが、殿下のもとで働いていることは伝えていたので、気に入られたのだろうと婚約を喜んでくれた。同時に、ルシアノとニコルの婚約については現在話し合いをしている最中のようだが、じきに決まるだろう。


さらに一週間が経ち、なにごとも起こらなかったので、すべてうまくいっていると思っていた。ルシアノともあれ以来会っていないし、ニコルがその件に触れてくることもない。関係を両親に知られないためにも、大人しくしているのではないだろうか。私もことを荒立てる気などないので、普段どおりの顔で過ごしていた。

仕事を終えて邸《やしき》に戻ってくると、家紋のついた馬車が止まっているのに気づき、嫌な予感がして足がぴたりと止まる。

（この馬車ってツェルナー侯爵家のものだわ……。もしかして、ルシが来ているの……？）

私たちの婚約はすでに解消されたから、ルシアノには正直もう会いたくない。おそらく、今日訪れた目的は正式にニコルとの婚約が決まった報告かなにかだろう。

しばらく邸《やしき》の前で立ち止まっていたがここにいても仕方がないと思い、深呼吸をして心を落ち着かせる。そして、ゆっくりと扉に手を伸ばした。

邸内に入ると、待っていたと言わんばかりに使用人が声をかけてきた。

「アリーセお嬢様、おかえりなさいませ」

「ただいま……。誰か来ているの？」

誰が来ているのかは予想がついていたが、あえて分からないフリをして聞いた。

「はい、ツェルナー侯爵様とルシアノ様がお見えです。アリーセお嬢様がお帰りになりましたら応接室へ来るようにと、旦那様から言づかっております」

「え……、お父様が？」

頬がわずかに引きつる。

（どうして、私が呼ばれるの？　私にも婚約の報告をするため？　嫌だわ、行きたくない……）

しかし、言づけを聞いてしまったからには行くしかない。仕方がないと諦めて私は使用人に連れられ応接室へ向かうことになった。

目的の部屋の前まで来ると、使用人が扉をノックし「アリーセお嬢様がお帰りになりました」と告げる。すぐに「入ってくれ」と父の声が響いて、それを合図に使用人が扉を開け、私は重い気持ちのまま応接室へ入った。

「失礼します」

私は落ち着いた声で答えたあとに一礼すると、ソファーのある中央まで歩いていく。その間、こちらをじっと見つめているツェルナー侯爵と視線が合い、胸の鼓動が速くなる。隣にはルシアノの姿もあり、私は彼とは視線が合わないようにしていた。

「ツェルナー侯爵、お久しぶりです」

極度の緊張から鼓動の音が激しく響いていたが、落ち着かせるように静かに挨拶をする。実は侯爵と会うのも少し怖かった。突然、殿下との婚約が決まってルシアノとの婚約が白紙に戻ってしまったから。王命である以上、こちらに非はないのだが、それでも突然だったので侯爵が私やプラーム家を恨んでるのではないかと少しだけ心配していた。

「アリーセ嬢と会うのは本当に久しぶりだ。しばらく見ていなかったが、ずいぶんと大人っぽくなって素敵な女性になったんだね」

「そ、そんなことは……」

突然、容姿を褒められて、お世辞だと分かっているけれど照れてしまう。しかし、先ほどよりも表情が柔らかく見えて、私のよく知っている優しい侯爵の姿に少しだけ安堵する。

(私に怒っているとかはなさそう……ね。よかったわ)

「アリー、私の隣に座りなさい」

「はい、お父様……」

父にそう言われて隣に腰を下ろした。目の前にはルシアノが座っていて、私のほうをじっと見つめているように感じたが、私はあえて視線を合わせずに侯爵のほうを見ていた。

「アリーセ嬢、まずは愚息がしたことを謝らせてほしい。本当に申し訳ない」

「え……？」

侯爵は苦しげな表情を浮かべたかと思うと、突然、謝罪の言葉を述べて頭を下げた。あまりにも急な展開に頭が追いつかず、それ以上の言葉が出てこない。

（一体、なんの話をなさっているの……？　それに、どうして私に頭を下げるの？）

隣に座る父に視線を向け、助けを求める。しかし、父も侯爵と同じような表情をしていてますます戸惑ってしまう。

「それを言われるのならば、私の娘であるニコルも同罪です。ツェルナー卿、どうか頭を上げてください。謝るべきなのは二人の仲に気づかなかった私も同じ、申し訳ありません」

そう言って今度は父が頭を下げた。動揺していると、不意にルシアノと目が合った。そして、彼も同様に苦しそうな表情を浮かべていた。

「これは誤解なんだ……。僕が心から思っているのはアリー、君だけだ。どうか、信じて」

「ルシアノ、黙れ。ニコル嬢にも手を出しておいて、よくもまだそんな恥晒《さら》しな言葉を口にできたものだな。今日お前をここに連れてきたのは謝罪させるためだ。それ以外の発言は許さない」

言い訳をはじめた彼に対し、侯爵は強い口調で威圧した。ルシアノは悔しそうな顔で再び黙り込む。

（どうしてニコルとの関係を知っているの？　私はなにも言ってないわ。それなら誰が……）

考えていた状況とは異なっていて、頭の中は軽くパニックに陥っていた。

「本当にこんな愚息で申し訳ない。二度とアリーセ嬢には近づけさせないから安心してほしい」

「え？　でも、ニコルとは婚約するのですよね……？」

私の問いに、父と侯爵は気まずそうに顔を見合わせた。

「実はな……、ニコルがルシアノ殿との関係をツェルナー卿にすべて暴露したんだ」

驚きのあまり私は言葉を発することができなかった。ちらりとルシアノを見ると、俯《うつむ》いたままで表情は確認できない。

「ヴィム王太子殿下との婚約が決まる前のことだ。私たちはニコルとルシアノ殿をどうするか、その話し合いを何度か重ねていた」

「お父様、ニコルはどうしてそんなことを……」

信じられないという気持ちから私の声はかすかに震えていた。

「ニコルはルシアノ殿のことを本気で好きだから暴露したと言っている」

すると、今度は侯爵が口を開いた。

「実はニコル嬢をその気にさせたのはこの愚息なんだ。ニコル嬢に婚約の話が持ち上がったとき、ルシアノは、自分が幸せにするから結婚しないでくれと言ったそうで。自分の婚約者の妹に手を出すなど、本当に恥晒《さら》しもいいところだ」

「それはっ……」

彼が咄嗟に反論しようとすると、侯爵は鋭い目つきで威嚇し黙らせた。

（ニコルの婚約をやめさせたのもルシが原因だったの？　最低ね……）

私はますますルシアノに嫌悪感を抱き、軽蔑の気持ちを込めて睨んだ。彼はそれに気づくと唇を噛み締めさらに表情を歪める。

「二人の婚約を認めるつもりはなかったが、ニコル嬢をその気にさせたのはルシアノだ。だから、その責任はきっちり取らせる」

「……父上？　どういうことですか？」

ルシアノは驚いた顔で侯爵に問い返す。

「お前に侯爵家は継がせない。だが、ある程度の支援はしてやる。ニコル嬢との婚約も認めよう。だから二人で力を合わせて生きていきなさい。もちろん、離縁することは許さない」

「父上、いきなりなにを言うんですか！」

侯爵の言葉からは強い意志を感じる。おそらく、もう決めたことなのだろう。罰にしては重すぎる気もするが、そうしない限り、ルシアノは自らの行いが悪いことだったと気づかないと思われているようだ。

（自業自得ね……。善悪の判断がつかない人間に家督を継がせられないのは当然よ）

ツェルナー家は代々続く名家。その歴史を考えたら当然だと思う。

「お前はニコル嬢を愛しているのだろう？　聞けばもうそういう関係になっているそうではないか。彼女を傷物にしたのはお前だ。侯爵家から追い出されないだけありがたいと思え。お前は我が侯爵家に泥を塗った。そんな人間を跡取りにできないことくらい、分かっているだろう」

今の侯爵の話からすると、思っていた以上に二人の関係は深かったようだ。

（こんな話、知りたくなかった……）

ルシアノが私が王宮で働くことを後押ししてくれたのは、ニコルとの逢引きの時間を作りたかっただけなのだろう。事実を知った今となってはそうとしか思えない。

「アリー、聞いてくれ。僕はたしかにニコルに手を出した。けれど、それは君にとって大切な妹だったから、力になりたいと思ったんだ。君もニコルも僕の手で幸せにしたかった」

「私は、二人の仲を知ってからずっと苦しくて仕方がなかったわ。幸せにする……？　私を苦しめることがルシにとっての幸せだったの？」

この期に及んでまだ非を認めず、言い訳を繰り返すルシアノにいい加減腹が立つ。私が声を震わせながら答えると彼は苦しそうな表情を見せたが、もうすべてが演技にしか見えない。

「アリーは僕の前では決して弱音を吐かないから、苦しんでいることには気づかなかった。そんなに傷ついているなんて、知らなかったんだ。ごめん……」

たしかに私は人前で弱音を吐いたことがない。負けず嫌いな性格と、弱い人間だと周りに思われたくなくて虚勢を張り続けていたから。

それに比べてニコルは素直に気持ちをぶつけるタイプだった。だからこそ、ルシアノはそんな彼女に惹かれたのかもしれない。とはいえ、裏切ったことには変わりはないし、二人がしたことを簡単に許せるほど私は優しい人間ではない。

（私が強がらずにもっとルシに甘えていたら、こうはならなかったのかな……）

そう思うと少し胸が痛んだが、今さらこんなことを考えても意味がないことは分かっている。

今回の件は、事情を知る者たちだけで解決することになった。私と父は、母にこの事実を伝えたくない。ツェルナー家は子息の恥を周囲に知られたくないということで、利害が一致したのだ。侯爵家にはもう一人子息がいるので、跡継ぎの問題はないのだろう。ちなみに私には兄がいるため、ルシアノがニコルと結婚したとしても、プラーム家の爵位を継ぐことはない。


翌日、昨日起きた出来事をすべてヴィム殿下に報告した。彼は私の協力者なので、報告する義務がある。

私たちは、執務室のソファーに向かい合って座っていた。

「うまくいってよかったな」

「はい、殿下には本当に感謝しております。こんなに早く動いてくれるなんて思いませんでした」

「あんな姿を見せられたら放っておくなんてできない。それよりもお前は平気なのか？」

「え……？」

彼の言葉に首を傾げた。

（もしかして、私のことを心配してくれているの……？）

最近は衝撃的な出来事が続いていたせいか、気遣ってくれる言葉を聞くと胸の奥がじわりと熱くなる。婚約者だった男は私の気持ちをまったく理解しようとしなかったけれど、殿下はいつも気にかけてくれる。私の存在を認めてくれているような気がして嬉しい気持ちが溢れ出す。

「辛いなら無理をする必要はないからな。長期で休まれるのは困るが、しばらくの間なら休んでくれても問題ない」

「お気遣い感謝いたします。ですが、私なら本当にもう大丈夫ですので。ここ最近まともに仕事ができていなかったですし、しっかりとその分も取り返さないと……」

彼がいつにも増して心配してくるので、私は普段通りの口調で伝えた。悩み事が解決して心もすっきりしたので、本当に大丈夫なのだ。

「仕事のことなら気にしなくていい。いつもお前が頑張ってくれていたおかげで余裕があったからな。それに……、たまには俺を頼ってくれ。一人で仕事をしているわけではないだろ？」

頼ってくれと言われて、昨日ルシアノが言った言葉を思い出す。

『アリーは弱音を吐かない』

私はずっと強い人間でありたいと思っていた。誰かに頼るのではなく、頼られるような人になりたい。幼くして亡くなってしまった妹の分まで一生懸命生きるために。そして、心が病んでしまった母に安心してもらえるように。

そう思うと多少の辛いことは我慢できたし、頑張ることも苦ではなかったが、実際はそう思い込もうとしていただけなのかもしれない。

いくら強がっていても私にも心はあるのだから、傷つくこともあるし、へこむことだってある。ただそれを表に出さないようにしていただけ。けれど、ずっとこんなふうに強がって生きてきたせいで、大抵のことでは心が折れない人間だと思われたのだろう。

「どうした？」

私が考え事をしていると、不意に彼に声をかけられた。

「あ、いえ……。殿下は私のことを心配してくださるのですね」

「当然だ。お前は俺にとって大切な人間だからな」

彼は考える間もなく即答する。私はなんだかむず痒《がゆ》い気持ちになり、恥ずかしくて頬が火照った。

こんなふうに言ってくれるのは、彼だけな気がする。

「元婚約者に言われたことを気にしているのか？」

「はい。私ってやっぱり……、強がっているように見えますか？」

「ああ、見える。だけど、お前は分かりやすいから、困っていたらすぐに気づく」

「え……？　そうなんですか？」

「元婚約者はお前のなにを見ていたのだろうな。他の女に日移りするくらいだから、なにも見ようとしていなかったのだろうが……」

その言葉を聞いて思わず苦笑した。たしかにその通りだ。ルシアノは言葉では大切にしていると言うけれど、平気で浮気をするような男だった。結局、私のことなんてお飾りの婚約者程度にしか思っていなかったのだろう。

「俺なら、絶対にそんなことはしない」

「殿下……？」

彼は目を細めて、呟いた。言葉の意味が分からなくて眺めていると、彼は「なんでもない」と言って普段の表情に戻った。

「話は変わるが、俺たちが婚約者になったことは忘れてないよな？」

「忘れてなどいませんっ！　今度は私が頑張る番だってことはしっかりと理解しております。隣国のパーティーに参加する際には、殿下にふさわしい女性になれるよう、精一杯頑張ります！」

私が意気込んで答えると、彼がなぜか不満そうな顔をしたので、私は念を押すように「大丈夫です」とはっきりとした口調で続けた。

「向こうで着るものはすべて俺が準備する。だからお前はなにも気にしなくていい」

「気を遣っていただかなくても大丈夫です。相応しいものを選びますのでご安心ください」

「悪いが却下だ」

「ええ……」

どうして、と思っていると、彼は立ち上がって私の隣に腰かけた。急に距離が近くなり、困惑と緊張でドキドキする。

「今回は俺が頼んで付き合ってもらうのだから、お前には極力負担をかけたくない。だからすべて俺に任せてほしい」

そんなふうに言われてしまったら、これ以上言い返せない。

「分かりました。それでは、その件は殿下にお任せします」

「ああ」

私が素直に受け入れると、彼はどこか満足そうな顔をしていた。距離が近くなったこともあり、私はそわそわしてしまう。落ち着かない気持ちでいると、突然「アリーセ」と呼ばれ心臓が飛び跳ねた。

「な、なんでしょうか……」

「驚きすぎだ。ただ名前を呼んだだけだぞ」

彼は少し呆れたように笑っていた。しかし、私の鼓動は未だに速度を上げて脈打ち続けている。

（び、びっくりした。いきなりなんなのよ……）

殿下とは王立学園に通っていた頃からの付き合いで、もうかれこれ四年くらいは傍にいるのだが、あまり名前を呼ばれたことはない。いつも『お前』とか『君』と呼ばれることが多かったからだ。そんな私も彼のことはいつも『殿下』と呼んでいた。

「名前を呼んだだけでそんな反応をしたら周りが怪しむよな」

「たしかに。ですが、慣れていないので仕方がないと思います」

「それならば、今日からお互い名前で呼び合おうか」

「……っ、はい!?」

突然の提案に激しく動揺してしまう。

（いきなりすぎない!?　殿下じゃだめなの……？　だめ、よね。仮にも私は婚約者になったのだから……。だけど、いきなり言われても……）

私が困惑した気持ちを隠せずにいると、再び「アリーセ」と名前を呼ばれて彼に視線を戻した。

「元々俺は名前で呼ぶようにと伝えていたはずだ。それなのにアリーセは一向に俺の名前を呼んでくれない。だけど、ちょうどいい機会だ。アリーセも俺の名前を呼んで？」

「い、今ですか？」

「そう、今だ。先送りにしたら絶対今後も呼ばないだろう」

彼に心を読まれていて、思わず苦笑した。

「そ、そんなこと、急に言われても困ります。心の準備がっ……」

「名前を呼ぶだけなのに心の準備ってなんだよ。それにこんなことでいちいち顔を真っ赤に染めて」

殿下はくすりと笑い、耳元で「アリーセって本当に素直で可愛いな」と囁いた。

「ひぁっ！」

耳にかかる彼の吐息の熱に驚いて体が震える。慌てて手で耳を隠した。そして、むっと彼を睨みつけたのだが、そのあとも頬の熱は一向に収まらない。

「本当に耳が弱いんだな。言ってくれないのなら、今度は逆側の耳をいじめてみようか」

そう言われて、反射的にもう片方の耳も手で隠した。それを見ていた殿下は突然おかしそうに笑い出す。

「ぷっ……、悪い。からかいすぎたようだ」

「か、からかったのですか!?　酷いですっ！」

「本当に素直に騙されるよな。アリーセのそういうところ、嫌いじゃないよ」

先ほどまでおかしそうに笑っていた彼は、いつの間にか優しい表情で微笑んでいてドキドキしてしまう。からかわれて悔しかったはずなのに、急に態度を変えられるとなにも言えなくなり、やっぱり悔しくてむっとした顔を向けることしかできなくなる。

(嫌いじゃないって……どういうこと?)

「からかったのは悪かった。だけど、俺はアリーセの婚約者になったんだ。お前もそのことを受け入れてくれたのだろう?　だったら、もう少し婚約者らしい振る舞いをしたいのだが、嫌か?」

「嫌だなんて……、そんなことはないですが……。お願いしたのは私のほうですし。ヴィム様には、感謝しています」

私は恥ずかしさを感じながらも名前を呼んでみた。普段と違う呼び方をするのは少し違和感がある。けれど、慣らしていくためにもこれからはそう呼ばなくてはならない。

「やっと呼んでくれたな。だけど、敬称はいらない。これは命令だ」

「……っ、分かりました。……ヴィム」

命令と言われたらそこまでだ。私は緊張しながら、彼の名前を呼ぶ。

「いい子だ。だけど、表情が固いな。今さら緊張することもないだろうに」

彼は少し困った顔で答えると、すっと掌を私の頭上に伸ばして突然髪を優しく撫ではじめた。

「あのっ……」

「どうした?」

「頭を撫でられるのは、子供扱いされている気がするのでどうかと思うのですが……」

「そうか？　……だったら、こうするのなら満足か？」

彼は少し考えたあとに私の顔をじっと覗き込んだ。ドキッとして一歩後退しようとした瞬間、反対の手が私の背中に回り込み、そのまま引き寄せられる。まるで抱きしめられているみたいだ。一瞬、なにが起こったのか分からず私は固まってしまう。

いつまでも黙ったままでいると、「随分と大人しいな」と耳元から彼の声が響いてきて、やっと我に返る。

私は慌てて彼の胸を押し返した。離れることはできたけれど、すぐに碧い瞳に囚われて再び頬が燃えるように熱を持ちはじめる。人形のように固まっていると、彼の口元がわずかに上がった。

「また顔が真っ赤だ。こういうことには慣れていないようだな」

「あ、当たり前じゃないですかっ！」

動揺で少し早口になってしまった。

「頬を染めている理由はそれだけか？　それとも、相手が俺だから？」

「ど、どちらもです！」

羞恥を隠すために勢いよく答えてしまったが、彼はどこか嬉しそうな顔をしていて、私は再び悔しい気持ちになった。

その日から、ヴィムとの距離はさらに縮まっていった。それには当然理由がある。今まで候補すら上がらなかった彼の婚約者が突然決まり、私は周囲の貴族から注目される存在になった。しかし、私には最近まで別の婚約者がいた。そして、ヴィムが事務官になりたての私を傍に置いていることから、ルシアノから強引に私を奪ったなどという噂が出はじめているのだ。

しかし、彼はそれを一切否定しなかった。それどころか、その噂に乗るように人目があるところで私を恋人のように扱いはじめたのだ。演技など必要ない二人きりのときにも距離を縮めてきて、私は正直どう対応すればいいのか悩んでいた。

(私を守るために、噂を否定しなかったのよね……)

学生の頃からヴィムとは友人で、親しくしていたのは事実だ。変に脚色されて不埒《ふらち》な噂が出てしまえば、私が非難される立場になっていただろう。複雑だが、彼に感謝しなければならない。

「また考えごとか?」

私がソファーに座りながらぼうっとしていると、彼の声がして慌てて顔を上げた。

「あの噂のこと、本当に否定なさらなくてよろしかったのですか?」

「噂……? ああ、俺が以前からお前に好意を寄せていて、婚約者から強引に奪ったという話か」

彼は表情を変えずにすらすらと喋っていたが、聞いている私のほうが恥ずかしくなる。

私が戸惑っていると、彼はしばらくの間真っ直ぐに私の瞳の奥を見つめていた。

(な、なに……? そんなに、じっと見つめないでっ!)

恥ずかしくて耐えられなくなった私は視線を逸らしてしまう。

すると、それから間もなくして手の甲が温かくなる。視線を向けると、彼が私の手に触れていた。

「掌を開いてくれるか?」と言うので、戸惑いながらもその指示に従うと、ヴィムは掌に小さな箱を乗せた。

「これは？」

「噂は気にしなくていい。こちらとしても都合がいいからな。それから、こんなタイミングで贈るのもどうかと思うが、少しでも早くアリーセには身につけてもらいたいから、今渡すことにするよ」

彼の言葉の意図が分からず不思議に思っていると、ヴィムは箱の蓋を静かに開けた。すると、キラキラと輝く碧い宝石が見えて、私は慌てて彼に視線を戻した。宝石の色は彼の瞳と同じで、いかにこれが特別なものであるかが分かる。

「あ、あのっ！　これって……」

「ああ、婚約指輪だ」

聞きたかったのはそんな答えではない。どうして、仮の婚約者である私にこんなものを贈ろうとするのかを聞きたかったのだが、驚きのあまり言葉が出ない。

「あの……、待ってください……！」

ヴィムが私の手に触れ、薬指にその指輪を嵌めようとするので、慌てて止めた。

「どうした、嫌か？」

「ち、違います。そうじゃなくて……。私たちって仮の婚約者ですよね？　こんな大切なもの、受け取るわけにはいきませんっ！」

必死になって訴えると、彼はふっと小さく笑った。

「安心していい。今はまだ仮の婚約者だということは理解している。だから、そんなに慌てるな。まずは少し落ち着こうか。そのあと、ちゃんと理由を説明するから」

「は、はい……」

彼に促され静かに深呼吸を繰り返す。その間もなぜかヴィムは私の手を握ったままだった。

「これをつけてもらう理由はいくつかある。一つ目は周りに疑われないため。そしてアリーセの元婚約者に俺との関係を知らしめるためだ」

「でも、あの人はもう妹の婚約者になったので安心だと思うのですが……」

「妹の婚約者ってことは、お前の邸《やしき》に自由に出入りするのだろう？　今回の件で、元婚約者だった男は相続権を失った。となれば、逆恨みされる可能性だってないとはいえないはずだ。だから心配なんだ。俺はずっとアリーセの傍にいてやることができないから、なおさらな」

少し大袈裟《おおげさ》にも感じたけど、彼は本当に心配してくれているように見えた。

（どうして、本当の婚約者でもない私をそこまで心配してくれるの……？）

分からないけれど、そんなふうに思ってもらえて素直に嬉しかった。

「アリーセを守るために、ここにつけてもいいか？　これがあるからと言って安全ということにはならないけど、抑止力にはなるだろう？」

「たしかに……、分かりました」

この指輪を見ればヴィムの存在を思い出し、私によからぬことをする前に思いとどまるかもしれない。

「ありがとう」

ヴィムは安堵した顔で呟くと、私の薬指に指輪を嵌めてくれた。サイズを聞かれたことなんてなかったのに、私の指にはぴったりと合っている。

「すごく素敵……。本当にヴィムの瞳の色と同じだわ」

「喜んでくれてよかった。会えないときは、これを見て俺のことを思い出してくれると嬉しいよ」

彼はふっと優しく微笑むと、私の手を取り甲にそっと口づける。そのまま視線が絡み碧色の瞳に囚われると、次第に私の心臓はバクバクと激しく鳴りはじめた。動揺している私の顔を見て、彼の口端がわずかに上がる。

「また顔が真っ赤だ。いっそのこと、このまま本当に俺と結婚してみる気はないか？」

彼の表情はとても穏やかで、普段の意地悪なことを言うときとはどこか違う気がする。冗談で言ったのだと分かっているのに、鼓動がどくんと大きく揺れる。

「また、冗談ですか……」

私は動揺がばれないように冷静を装って答える。

「本気だと伝えたら、お前は信じてくれるか？」

普段であれば「冗談だ」と笑われて終わりのはずなのに、今日はなぜかそうならない。そのことに戸惑い、返事ができずにいると、再び彼が口を開いた。

「アリーセって鈍いよな。本当はお前の気持ちが俺に向くまで待とうと思っていたけど、そんなのを待っていたらいつになるか分からない。だから、今ここではっきりと伝えることにするよ」

「え……？」

「俺は学園に通っていたときから、ずっとお前のことが気になっていたんだ。もちろん、今もな」

彼はそう切り出すと、過去を思い出すように語りはじめた。私はヴィムの言っていることが信じられなくて、返す言葉も思い浮かばず、ただ話を聞くことしかできなかった。

「初めてアリーセに関心を持ったのは、妙な視線を感じたのがきっかけだ。お前、入学当時はよく俺のことを睨んでいただろう？」

「そ、それはっ……」

あれは睨んでいたというよりは、彼に勝てないことからくる嫉妬だ。私は気まずくて瞳を泳がせる。今になってその話を持ち出されると、恥ずかしくてたまらない。

「理由はなんとなく分かる。試験では一度も俺に勝てなかったからだろう？」

彼がわずかに目を細めて意地悪そうに言うものだから、反射的に睨みつけてしまう。

「その顔だ」

「う……、申し訳ありませんっ……」

「別に謝る必要なんてない。お前のそういう素直な反応、結構好きだよ」

突然好きだと言われて、胸の奥で鼓動がどくんと飛び跳ねる。

「俺に素直に感情をぶつけてくる人間はそういない。気になった理由はそれだけではないけど……。努力家で、負けず嫌いで、絶対に諦めようとしない。しっかりしてそうに見えて、変なところで頑固で抜けていて……。こんな面白い人間、興味を惹かれないはずがない」

「それ、途中から褒めてませんよね？」

彼は思い出しながらクスクスと愉しそうに笑っていて、私は眉を寄せて文句を言った。

「そんなことはない。実際、見ていて飽きないし、それどころかずっと目で追いかけていたくなる。だから、俺はアリーセ、お前に惹かれていったんだと思うよ」

いつの間にか彼の表情から意地悪さは消え、優しい瞳を向けられていることに気づき、胸の奥が高鳴る。

(今のは本心、なの……？　ヴィムが私に惹かれていたなんて……)

今の彼の表情を見ていると冗談を言っているようには思えない。とはいえ、素直にその言葉を信じることもできなかった。

「こんな気持ちを抱いたのはアリーセが初めてだ。今回、お前から相談を受けてチャンスだと思った。先に言っておくが、フリであったとしてもお前以外と婚約するつもりはなかったよ」

「もし、私が相談しなかったら……？」

咄嗟にそう口にすると、彼は小さく笑った。

「どの道、あの婚約者からアリーセを奪うつもりでいた」

彼は迷うことなく答えた。その発言を聞いて私の鼓動はさらに激しくなる。

「そう決めたときから、プラーム家のことや婚約者についていろいろと調べはじめた。調査をしていくうちに、あの男とお前の妹の関係を知ることとなった」

ヴィムの行動にも驚いたが、今はそれ以上に二人のことが気になった。

「……二人の関係は、いつからだったのですか？」

きゅっと結んだ唇を徐《おもむろ》に開くと、弱弱しく聞き返した。

「親密な関係であるという報告を聞いたのは、お前の妹が三学年に上がる頃だったな」

「そう、ですか……」

ニコルが貴族学園に入学してから、二人の距離は縮んだのだろう。

ルシアノとのことは忘れようと思っていたけど、事実を聞かされるとやっぱりこたえる。胸の奥がズキズキと痛くなって、私はぎゅっと掌を握りしめる。

「大丈夫か？」と彼に問われて、私はへらっと笑った。

「そんなふうに強がらなくてもいい。俺はアリーセの味方だ。それに、辛そうに笑われると余計に心配になる」

「なんですか、それ……」

彼の言葉を聞いて、目元がじわりと熱くなる。私は必死になって涙が零れないように堪えた。ヴィムに涙を見られることが悔しいから私は耐えているのだろうか。それとも私を裏切ったルシアノのために泣くのが悔しかったのか、理由は自分でもよく分からない。ただ、辛かった気持ちを誰かに分かってもらえたことが嬉しかった。胸の奥が漣《さざなみ》のように揺れて、一度高まった波は自分では抑えることはできない。

（どうしよう……）

涙が零れそうになった瞬間、後頭部にヴィムの手が伸びてきて引き寄せられる。驚いて涙が零れたが、気づいたときには彼の腕の中にいた。ヴィムはきっと私の泣き顔を隠そうとしてくれたのだろう。我慢しないで泣けるように。

「……うぅっ……」

その瞬間、胸の奥に一際高い波が押し寄せてきた。それからしばらく、泣きじゃくった。

ヴィムはなにも言わずに泣き続ける私の頭を優しく撫で続けてくれた。それがたまらなく気持ちよく感じる。彼の体温を感じていると、胸の奥底に秘めるしかなかった行き場のない感情を浄化できた気がして、心が軽くなった。

第二章　すべてを受け止めてくれる人

それからどれくらいの時間がすぎたのか分からない。

涙とともに胸の奥底に溜め込んでいた感情を吐き出すことができて、泣き止む頃には大分落ち着きを取り戻していた。頃合いを見て、ヴィムは自分の胸から私を引き離す。

「アリーセ」と名前を呼ばれて顔を上げると、彼は優しい表情で私の瞳を見つめていた。少し恥ずかしいけれど、碧色の双眼を覗き込んでいると、不思議と私の心は安心感に包まれていく。そう感じるのは、ヴィムが私の気持ちを理解してくれる人だと分かったからなのだろう。

「少しは楽になったか？」

「……はい」

彼が穏やかな声でそう聞いたので、私は小さく頷いた。思いっきり泣いてしまったこともあり、私の声はわずかにかすれている。

「そうか。だけど、さすがにその顔のままじゃ邸《やしき》には帰れないよな」

その言葉を聞いて、私は思わず苦笑した。きっと酷い顔をしているのだろう。目を真っ赤に腫らしたまま帰ったら、家族は心配して、なにがあったのか聞いてくるだろう。

「どうしよう……」

うまく誤魔化せる自信がなくて、不安の声が漏れる。

「こういうときこそ、俺を頼ったらどうだ？」

「え……？」

「アリーセにとってここは職場だが、俺の住居でもある。そして、お前は俺の婚約者だろう？　泊まっていったとしても大した問題にはならないはずだ。伯爵家には適当に理由をつけて伝えておくよ」

突然の提案に戸惑っていると、ヴィムの手が伸びてきて濡れた目元を指で優しくなぞられる。

「こんなに腫れあがった目を見たら、心配されて質問攻めにあうだろうな。嘘が下手なお前に誤魔化せる自信はあるのか？」

「それは脅しですかっ！」

彼が意地悪そうな顔で言ってきたので、ついいつもの勢いで返してしまう。しかし、彼は気を遣ってそんなふうに言ってくれたのだろう。ヴィムは意地悪なときも多いが、私が困っているといつも助けてくれる優しい人なのだ。

（迷惑をかけてしまうかもしれないけど、今はヴィムの好意に甘えておくべきなのかも……）

「本当に……、泊まってもよろしいのですか？」

「ああ、構わない。むしろ、歓迎するよ。話の続きもあるからな」

「話の続き？」

不思議に思って首を傾げると、ヴィムはわずかに口端を上げて顔を近づけてくる。そして「俺がどれだけアリーセを好きかっていう話だ」と耳元で囁くので、ドキッと心臓が飛び跳ねた。

慌てて自分の手で耳を隠そうとするが、その途中で手首を掴まれてしまう。

「逃がさないよ。今晩はじっくりとその話を聞いてもらうから覚悟しておいて」

「こ、今晩って……？」

ヴィムはわざとらしく吐息を混ぜて艶やかな声で囁いてくる。驚きすぎて声が裏返ってしまう。

「動揺しすぎ。そんな反応されると、ますますたまらない気持ちになる」

突然こんなことを言われたら誰だって動揺するに決まっている。それに今の話の流れからして冗談には聞こえない。

(これ以上、私になにを聞かせるつもりなの……⁉)

一度は落ち着いた心も、彼の言葉で簡単に乱されてしまう。

「いや、この話はあとにしよう。時間ならこれからいくらでもあるのだから……」

ヴィムは私から離れると「ちょっと待っていて」と言って机のほうに行き、なにかを手に取って戻ってきた。彼が持っている箱を見ると、思わず「あ……」と声が漏れる。

「これ……‼」

興奮した私は思ったよりも大きな声が出てしまった。

「箱だけで気づくとか、お前らしいな。以前、アリーセが美味いと言っていたチョコレート菓子だ」

それは、以前ヴィムがティータイムの時間に出してくれたお菓子だった。この国では扱っていない原材料を使用していることと、遠い国の王家御用達の高級菓子なため、国内では流通していない。私にとっては幻のお菓子なのだから、目の色が変わるのは当然のことだ。

「以前、絶賛していたから取り寄せたんだ。一応我が国とは同盟国だからな」

ヴィムは話しながら箱を開けると、丸いチョコレートを一粒手に取った。

「口を開けて？」

「じ、自分で食べられますっ！」

「今すぐ食べたいんだろう？」

「……そ、それはっ」

私は恥ずかしがりながらもお菓子の誘惑に負けて口を開いた。はしたない行為であることは重々承知なのだが、こういう場合、絶対にヴィムが折れないことも分かっている。

「口を開けて待っている姿はなかなか愛らしいな」

彼は満悦した顔をしていたが、私がむっと睨みつけると「待たせて悪かった」と言って口の中にチョコレートを放り込んだ。口内の温度でチョコレートが溶けてくると、中から少し酸味を感じる爽やかなクリームが現れ、それがほろ苦いチョコレートの味と絶妙に合わさる。

（んー……、美味しい！　またこれを味わえるだなんて……）

私はひとときの幸せに浸っていた。

「指輪のときより数倍嬉しそうな顔をされると、なんだか悔しい気分だ」

ヴィムは私の薬指の指輪に視線を落とすと、ぼそりと呟いた。

「……そ、そんなことはないです！　この指輪もすごく気に入っていますよ？」

咄嗟に言い返すと、彼は小さく笑って「冗談だ」と言った。

「アリーセの笑顔が見られたらなんでもいい。俺も満足だ」

不意打ちでそんなことを言われるとドキッとして、私の頬は再び熱を持ちはじめる。

「いつものアリーセに戻ったな。その真っ赤に染まる顔も可愛いし、俺は好きだよ」

ヴィムは満足そうな顔で微笑み、自然な口調でさらりと告げてくる。毎回彼の言動に翻弄されてしまうことは悔しいけど、傍にいると嫌なことを忘れられて心が楽に感じるのも事実だ。不思議なことに、彼のペースに巻き込まれると自然と本心を言ってしまう。

（相手は王太子なのに……）

それからしばらく話したあと、彼の住居になっている離れに向かうことになった。入り口には大きな庭園が広がっていて、等間隔に植えられたアーチ状の薔薇のトンネルをいくつもくぐり抜けていく。さらに奥へ進んでいくと、今度は大きな白い建物が視界に入る。

（すごいわ……。ヴィムってこんな素敵な場所に住んでいるのね……）

すでに驚きの連続であったが、それはさらに続く。中に入ると大きなエントランスがあり、天井からは一際目立つ巨大なシャンデリアがぶら下がっている。そして彼を出迎えるために数十人の使用人が待機していた。

（使用人の数も多いわ。やっぱり、王族はいろいろと違うのね）

私が圧倒されていると、ヴィムが使用人に告げた。

「今日は私の婚約者である、アリーセ・プラーム嬢を招待した。彼女に必要なものがあれば、すぐに用意してあげて」

「はい、かしこまりました。アリーセ様の使われるお部屋は今、準備しております」

私は「ありがとうございます」と伝えたあと、隣にいるヴィムにちらりと視線を流した。彼が自分のことを『私』と言うのを久々に聞いた気がする。

（ずっと周囲の目を気にしなくてはならないのも大変ね。せめて私の前だけでは気を抜けるといいのだけど……）

彼は王太子という特別な立場の人間なので、なにかと注目を浴びやすい。私はルシアノのことで悩まされたけど、それとは比較にならないような悩みがあるのかもしれない。でも彼はそれを一切顔には出さないし、弱音を吐いているところを見たこともない。そんなことを考えると、あんなことで弱気になり、彼の前で大泣きしてしまった自分が恥ずかしく思えた。

「どうした？」

「いえっ、なんでもありません……」

私があまりにも彼をじっと見ていたので、その視線に気づいた彼と目が合った。先ほどのことを考えるとますます羞恥心が沸き上がってきて、慌てて答えると彼はわずかに目を細めた。

「アリーセ、私の部屋に来ないか？」

「え？」

私が戸惑っていると、答えるよりも先に手首を掴まれ引っ張られる。

「あのっ、ちょっと……」

彼は私の言葉など無視して歩き出す。一体、どうしたのだろう。しかし、明らかに不機嫌な態度に変わったことだけは分かる。

(もしかして、私が使用人たちの前で狼狽《うろた》えてしまったから……、怒っているの?)

頭の中でいろいろな考えを巡らせてみるが、思い浮かぶことといえばそれくらいしかなかった。今まで彼に対して勢いで失礼な態度を取ってしまったことは多いが、こんなに分かりやすく機嫌を損ねる姿を見たことがない。だから、どうしていいのか分からなくなる。

(どうしよう……。本当に、怒ってる……?)

手首はしっかりと掴まれていて、簡単には外れなそうだ。不安を胸に抱きながら、ヴィムの部屋に着いた。

「……あの、ヴィム?」

私は意を決して声を絞り出した。正直、ヴィムがなぜ不機嫌なのか分からなくて怖いし不安だ。私はなにより彼に幻滅されることを恐れていた。

碧色の瞳がこちらを見る。ちょうどいい言葉が思い浮かばず、体が強張ってしまう。

「悪い……」

彼の第一声は謝罪の言葉だった。私が戸惑っていると、ヴィムの口元から深いため息が漏れる。

「俺は相当に嫉妬深い人間のようだ。使用人に嫉妬するなんて……」

「嫉妬って? あの、なんの話ですか?」

彼の言っていることが理解できず、私は眉根を寄せる。

するとヴィムは自嘲して、掴んだままの手首を自分のほうに勢いよく引き寄せた。気づいたときには、私は彼の胸の中にいた。

（え……？　これは、な、なに!?）

必死になって彼の胸板を押し返そうとしているのに、まったくびくともしない。それどころか私が押し返そうとするたびに抱きしめる力は強くなり、まるで抵抗するなと言われているような気分だ。

「……ヴィム、苦しいわっ！」

私はヴィムの背中をぽんぽんと叩いた。すると、ようやく我に返ったのか、彼は「ごめん」と言って解放してくれた。

「とりあえず奥のソファーに座ろうか」

彼の言葉に頷き、ソファーまで移動した。

改めて室内に視線を巡らせると、落ち着いたダークブラウンで統一された壁紙や絨毯《じゅうたん》、家具などが目に入る。家具の一つ一つに派手さはないが、丁寧な細工が施されており上品だ。私たちが今座っているソファーは、執務室にあるものよりもはるかに大きく質感も柔らかくて、ゆったりと寛ぐことができそうだ。

そんな大きなソファーにもかかわらず、ヴィムは肩がくっつくくらい近くに座っている。その上、部屋に入ってからも私の手を解放してくれない。

（こんなにゆったり座れるソファーなのに、どうして詰めてくるの⁉）

私は困惑しながら、うるさい胸の音を必死に抑えようとしていた。

（どうしよう、まずは落ち着かないと……！）

心の中で自分に言い聞かせ続けても、簡単に収まることはなかった。

「……アリーセ」

「ひぁっ！　は、はいっ……」

突然、耳元で彼の声が響き、驚きのあまり変な声を上げてしまう。

（び、びっくりした。心臓が止まるかと思ったわ……）

「どうした？　まだ緊張しているのか？」

「……と、当然じゃないですか！」

部屋に入って早々に抱きしめられたこともあり、今度は私のほうがおかしくなってしまったようだ。そうさせたのはヴィムであり、私は不満を抑えきれずむっと睨みつける。しかし、彼は怯《ひる》むことなくふわりと微笑むと、掌を伸ばして私の頬に触れた。

「突然、あんなことを言って驚かせてしまったか」

碧色の瞳に射貫かれると、胸の奥がざわめき心まで囚われそうになる。

「顔もこんなに真っ赤に染めて、俺のことを意識してくれているのだとしたら嬉しいよ」

「ち、違いますっ」

我に返ると激しい羞恥に襲われて、思わず『違う』と答えたが、完全に意識している。こんなに距離が近いのだから当然だ。

耐えられず視線を逸らすと、頬に添えられていた手が離れた。ほっとしたのもつかの間、すぐに顎を掴まれて上を向かされる。私は再び碧色の瞳に囚われた。

「アリーセ、目を逸らすな。俺のことを見て。今ここにいるのは俺だけだ」

私を見つめる鋭い瞳は、先ほどよりも深い碧色に変わった気がする。ずっと見ていると、その奥に吸い込まれてしまいそうになり、視線を逸らすことなんてできなくなっていた。黙ったまま彼のことを見つめていると、顎に置かれていた長い指の先が唇を優しくなぞった。その感覚に背筋がぞわぞわして、薄く開いた唇から小さな声が漏れる。

「……ぁっ……」

それを見て、ヴィムはわずかに微笑む。

「婚約者のフリをしてほしいと頼んだが、あれはアリーセを手に入れるための口実だ。もう、他の誰にも渡したくなかったからな。俺は……、アリーセ、お前のことが好きだよ」

私を選んだ理由は能力を買ってくれた、ただそれだけだと思っていた。

今、ヴィムの口から直接「好きだ」と言われて、胸の奥がじわじわと熱くなっていく。私は喜びを抱いて興奮しているのだろうか。

「……奪おうと思えば、権力を使い強引に婚約者にすることはできたし、実際何度かそうしようと考えたこともある。だけど、そんな手段を使えば、これまで築いたアリーセとの関係を自らの手で壊してしまう。それだけは絶対に避けたかった」

彼は過去を思い出すように静かに語りはじめた。その言葉の一つ一つから彼の想いを知ることができて、初めてヴィムの心に触れたような気がした。

「以前の俺ならば、ほしいものを手にするための手段は選ばなかったし、相手の気持ちなど気にしなかった。だけど、お前はそんな俺の考えを一変させた」

彼はそう言うと柔らかく微笑んだ。その表情に一瞬で心を奪われ、時間が止まったような気分で私は彼を見つめていた。

「いつもなにかに一生懸命で、嬉しいときは本気で笑って、悔しいときはすぐに不満そうな顔をして、そんな姿がいつしかすごく眩しく見えるようになっていた。俺はそんなアリーセを独占したいと思う反面、今のお前のままでいてほしいとも思っていたんだ」

私は黙って彼の話を聞いているけど、未だに信じることができないでいる。けれど、彼の気持ちを疑っているわけではない。こんな姿のヴィムを見たことがなくて、それに驚いているのだ。

彼はそこまで言い終わると、苦しげに顔を歪めた。

「だけど、今思うとそれは間違いだった」

「え……？」

「あのときの俺は自分が動かなくても、そのうちどうにかなると安易に考えていた。最上級学年になってすぐの頃、お前の態度がどことなく変わったことに気づいたからな。元婚約者と妹の関係を知ったのだろうと察しはついたけど……。アリーセの性格から考えて、すぐに婚約を解消するだろうと思っていたが、いくら待ってもそうはならなかった」

「そこまで気づいていたのですか？　私、そのことは誰にも話していないのに……」

「言ったはずだ。お前の態度は分かりやすい、とな。いくら気丈に振る舞おうとしても、表情に出るから、なにかあったのかくらい気づくよ」

もう過去のことだというのに、彼の瞳は悲しそうな色をしていた。困惑していると、彼の手が伸びてきて包み込むように優しく抱きしめられた。

「あのとき、強引にでも奪っていればよかった。そうすれば、あんな男のせいで長い間苦しむことはなかったかもしれない。だけど、こんな感情を持つのは初めてで、お前の心が俺から離れたら……、と思うと見守ることしかできなかった。まったく情けない男だよな」

「そんなことはないです。ずっと、私のことを気にかけていてくださったんですよね？　その気持ちだけで私は嬉しいです」

自分の気持ちを閉じ込めていたのは私自身で、この思いは誰にも気づいてもらえなくて当然だと思っていた。けれど、それに気づいて見守ってくれていた人がいる。そう思うだけで心が救われた気がした。

「お前はいつも前向きだな。そういうところも惹かれた理由の一つだ。だけど、これからは無理に我慢する必要はない。俺はどんなことであっても、アリーセのことを知りたいし、分かりたい」

「はいっ……」

このとき、ようやく気づいた。今まで王太子である彼と本音で話すことができたのは、ヴィムが私のすべてを受け入れようとしてくれていたから。そのことが嬉しくて自然と笑みが零れ、ヴィムの背中に手を回して抱きしめ返した。

（ありがとう、ヴィム……）

ルシアノがニコルを想っているという事実を知ったときは、目の前が真っ暗になるほどショックだった。どうしていいのか分からなくて、苦しみ、たくさん悩んだ。けれど、学園に行くといつもヴィムが私に声をかけてくれて、傍で勉強を教えてくれたり、他愛のない話をしたりした。ただそれだけのことだけど、私にとっては辛い現実から離れることができるひとときだったのだ。

（この人がいたから、あのときの私の心は壊れなかったのかもしれないわ……）

しばらくヴィムの温もりを感じていたが、少しすると静かに離れた。そして、再び碧色の瞳に囚われる。意識すると次第に胸の高鳴りが大きくなりはじめた。

「アリーセ、俺は絶対にお前のことを裏切らない。生涯アリーセだけを見て、アリーセだけを想う。もうすでに、俺の心はお前に囚われているのだから。どうか俺の言葉を信じて受け入れてくれないか？　すぐにとは言わない、ゆっくりでも構わないから」

「……はいっ」

彼の言葉が胸に響き、嬉しさが込み上げてきて私は笑顔で頷いていた。これだけ私のことを想ってくれる人は彼以外にはいないだろう。もともとヴィムのことは嫌いではなかったし、もしかしたら私も知らず知らずのうちに惹かれていたのかもしれない。そうでなかったとしても、これから彼を好きになっていけばいい。それができると思ったから私は頷いた。

「……受け入れて、くれるのか？」

「はいっ……。ですが、本当に私でよろしいのですか？」

私が念を押すと、ヴィムはほっとしたように笑った。

「お前がいい。……というか、もうアリーセ以外は考えられない」

そんなふうに言われると恥ずかしくて、頬が熱くなる。

「照れている姿は本当に愛らしいな。この顔も、他の表情もすべて俺だけのものだ。アリーセ、ここに口づけたい。いいか？」

ヴィムは優しく微笑むと、私の唇にそっと指を這《は》わせた。長い指先が輪郭をなぞるようにゆっくりと往復する。指の感触を覚えながら、私の心拍数は上がっていった。

「はい……」

恥ずかしくて小声で答え頷くと、「ありがとう」とヴィムの声が響いた。

見惚れてしまいそうなほど端麗な顔がゆっくりと近づいてきて、今まで感じたことのない柔らかい感触が唇に重なる。その温もりを感じて、ゆっくりと瞼を閉じた。

重なった唇はゆっくりと離れていき、再び視線が絡むとヴィムは優しく微笑む。触れただけのキスだが、その余韻はまだしっかりと唇に残っていて、意識すると恥ずかしくなる。

（そんなにじっと見ないで……）

直視できなくなり目を逸らすと、かすかに彼の笑い声が聞こえ、視線をおそるおそる戻すと再び唇を塞がれた。

「……っ……ん」

「アリーセの唇は熱くて甘いな」

彼は味わうように何度も角度を変えながら口づける。時折、ちゅっというリップ音が響き、そのあと唇を食《は》むように吸われる。決して強い刺激ではないけど、甘くて溶けてしまいそうだ。

（なにこれ……、キスってこんなに気持ちいいものなの？）

私はされるがままに口づけを受け入れていた。唇が重なるたびにヴィムの熱に身も心も溶かされ、体から力が抜けていく。けれど、やめてほしくなくて、無意識にヴィムの裾をぎゅっと握りしめていた。そんな私の気持ちが通じているのか、ヴィムは何度も何度も繰り返しキスを深めていく。

「はぁっ……んっ……」

「今のアリーセの顔、すごく魅惑的だ。キスをしただけなのに、もうこんなに蕩け切った顔をして……本当にお前は愛らしいな」

キスから解放されると、彼は恍惚とした表情をしていた。変化が起きているのは、私も同じなのだろう。のぼせたように頭の奥がなんだかぼうっとして、けれどその感覚がとても心地いい。唇に残るキスの余韻を感じながら、私はうっとりとした気持ちで彼のことを見つめていた。

「この姿は俺だけのものだ。他の人間に見せることは許さないよ」

ヴィムは私のことを抱きしめると、耳元に顔を寄せて艶のある声で囁く。背筋に鳥肌が立ち、思わずビクッと体を震わせると、追い打ちをかけるように今度はふうっと息を吹きかけられた。

「ひぁっ！　や、やめてくださいっ……」

「どうして？　いい反応をしているように見えるが……。それなら、こうされるのはどうだ？」

今度は耳朶《じだ》にねっとりとした熱いものがまとわりつき、ぞわぞわとした感覚に体がビクッと反応する。必死に離れようとするが、力の入らない今の体では逃げられない。

「……ぁ、やぁっ……！　だ、だめですっ、それ……、いやっ……！」

やめてほしいのに、耳を責められるとぞわぞわとした感覚に支配され、甘い声が勝手に出る。

「こんなに体を震わせて、まるで小動物みたいだな。本当はこうされるのが好きなんじゃないか？」

「好きじゃないっ……や、やぁっ……」

ヴィムは吐息を混ぜた声で意地悪く囁き、私のことをさらに翻弄する。

「もっとお前のことを追い詰めたくなる。俺にいじめられるのは嫌か？」

彼はようやく耳を解放すると、今度は顔を寄せて息がかかるほどの位置で私の瞳を覗き込んだ。

碧色の瞳はいつもより深く染まり色気すら感じて、まるで誘惑されている気分だ。

「……っ、意地悪っ！」

「意地悪か。間違ってはいないな。アリーセを見ているといじめたくなるのは事実だ」

「ひ、酷いっ……！」

彼が悪びれる様子もなくそう答えたので、私は文句を言った。

「こんなに可愛らしい女性が目の前にいるんだ。追いつめて、俺の前でしか見せない表情を引き出したくなるのは当然だと思わないか？　俺はアリーセのすべてを知りたいと思っているのだから」

「……す、すべてって……」

彼がこんなに積極的な人だなんて思わなかった。動揺していると、ヴィムは私の手を取り、甲にそっと口づけながら私の瞳をじっと見つめてきた。

「もう少しアリーセに触れたい。……だめか？」

「……っ、そ、そんなこと……聞かないでっ」

「お前が嫌がることは絶対にしない。やっと心が通じ合ったのだから、もう少し触れたいんだ」

彼の恍惚とした表情に、私の胸は高鳴り続けていた。キスの魅力に囚われてしまったのかもしれない。誘惑するような眼差しを向けられて、ごくりと唾を呑み込む。

（触れたいって、どういうこと？　さっきみたいなキスをするってこと……よね？）

雰囲気に呑まれてキスをしてしまったが嫌ではなかった。それ以上に、キスがこんなに気持ちいいものだと知り、もう一度されてみたいとつい期待してしまう。しかし、恥ずかしくて自分から求めることはできない。じれったくて、助けを求めて彼を見つめる。

「アリーセ、答えて？　決めるのはお前だ」

「そんなこと言われても……」

「恥ずかしくて答えられないか？　それならば、頷くだけでいい。それならできるだろう？」

恥ずかしい気持ちを堪えてこくりと頷くと、ヴィムは「ありがとう」と言って私の額にそっと口づけた。

「アリーセ、両手を俺の首に巻きつけて」

「え……？」

私が戸惑った声を漏らすと、彼は「ベッドに連れていく」と続けた。突然出てきた『ベッド』という言葉に私は動揺した。しかし、キスの誘惑に囚われた今、断る選択肢はなかった。手を伸ばして彼の首に手を回すと、ふわりと体が浮き上がる。

「……っ⁉　私、自分で歩けますっ」

浮遊感に驚き、反射的にぎゅっと掴まると、彼との距離があまりにも近くて鼓動の音が激しく鳴りはじめる。

「遠慮しなくていい。今は俺に運ばせてくれ」

そんなふうに言われたら、なにも返せない。ベッドに到着すると、ヴィムは私の体をゆっくりと下ろし、そのまま仰向けに寝かせた。ヴィムは端に腰掛け、熱を持った瞳で私のことを見下ろしていた。その視線にもドキドキしてしまうが、普段ここで彼が休んでいるのだと思うと変に興奮してしまう。

「なにを考えているんだ？」

ヴィムは私の髪を柔らかく撫でながら問いかけてくる。

「このベッド……、とてもふかふかだし、これなら安眠できそうですね」

緊張して思わずそう口走ると、彼は「ぷっ」と声を漏らして笑いはじめた。

「な、なんですか……⁉」

笑われたことが恥ずかしくて、つい大きな声を上げてしまう。

「いや、こんな状況でもアリーセらしいなと思って。もっと他に考えることはないのか？　こんな場所に連れ込まれて、これからここで俺になにをされるのか……、とか」

「……それは、分かっていますっ」

ヴィムはわずかに目を細め、伸ばした掌を私の頬に添えて優しく撫でた。

「……っ、キス……ですよね？」

羞恥を堪えて消えそうな声で答えると、彼の口端がわずかに上がる。

「アリーセに満足してもらえるように、もっとたくさんしようか」

「……はいっ」

彼は息がかかるほどの距離に迫ってくると、瞳をじっと見つめながら艶のある声で囁いた。しばらく見つめ合っていると、唇同士が重なり啄《ついば》むようなキスがはじまる。唇の輪郭をなぞるように舐められたかと思えば、食《は》むように吸われ、甘い誘惑へと引きずり込まれていく。

「……んっ」

「アリーセはこれで満足か？　もっと気持ちよくなれるキスがあるんだが」

ヴィムはゆっくりと唇を離すと、私を熱っぽい視線で見つめ、艶のある声で囁いた。私の胸は興奮と好奇心で高鳴る。彼の瞳をじっと見つめて、その先を期待する。

「少し唇を開いてもらえないか？」

「はい……」

その言葉に従って唇を薄く開くと、彼は満足そうに笑み、「いい子だ」と呟いた。再びお互いの唇が引き寄せられるように重なる。最初は先ほどと同じ啄《ついば》むような口づけだったが、すぐになにか

開く。

突然、唇の隙間から熱を持ったざらりとしたなにかが入り込んできたのだ。私は驚いて目を見

「……っ……っんんっ!?」

が違うことに気づく。


(うそ……、ヴィムの舌が私の中に入ってきてる……?)

それは私の口内で激しく蠢《うごめ》き、その感覚を与えられるたびに、ぞくぞくとした快感に支配される。

「アリーセも俺の舌に絡めて……」

「んんっ……っ、はぁっ……、む……りっ……」

「無理じゃない、こうやって吸われるのは……、どうだ?」

「……っ、んんんっ……!!」

まとわりつく彼の舌先で深く吸われ、私はぎゅっと目を閉じた。初めてのことに驚き、息をするのを忘れてしまう。息苦しくてくぐもった声が漏れると、すぐに勢いが緩み、再び舌を搦《から》めとられる。そんなことを何度も繰り返していると、思考は停止し、全身が火照っていく。

(体が……熱い……)

それからしばらくして唇を解放された。目の前にヴィムがいるのは分かるが、涙で視界が曇っているせいか少しぼやけて見えた。

「はぁっ……はぁっ……」

私は浅い呼吸を繰り返しながら、ぼんやりと映る碧い瞳に視線を合わせようとしていた。

「大丈夫か？　嬉しくて少しやりすぎた……。すまない」

ヴィムの声からは反省の色が窺《うかが》えて、私は力なく首を横に振る。予想を超えた激しいキスには驚いてしまったけど、どれだけ私を求めているのか知ることができて嬉しかった。

「どうしてそんなに幸せそうな顔をしているんだ？」

「ヴィムを近くに感じることができて嬉しかったです」

どうしてなのかは分からないけど、今は素直にこの気持ちを伝えたくて、気づけば私はそう口にしていた。

「そんなことを言って、これ以上俺を煽ってどうする気だ？」

「煽るって……？」

「本気で分かっていないのか？　ベッドで愛する者同士がすることといえば決まっているだろう？もっとお前の肌に触れたい。どんなふうにアリーセが乱れるのかを知りたい」

そこまで言われたら、彼がなにを望んでいるのか理解できた。しかも、彼はさらりと愛する者同士という言葉を使ったので、変に意識してしまう。

（ヴィムは本気なの……？）

不意にそんな疑問が頭に浮かんだけど、今までの彼の態度を考えれば本気だということは簡単に分かる。ヴィムのことは嫌いではないし、好きになれる自信もある。けれど、あまりにも展開が早すぎて混乱していた。

「そんな顔をするなよ。いつかはそうしたいと思っているけど、無理やり奪うつもりはない。最初に言ったはずだ。お前の嫌がることはしないと」

ヴィムは落ち着いた声で答えると、動揺する私の額にそっと口づけた。

「このベッドを気に入ったようだし、添い寝でもするか？」

「……私は、ヴィムとなら……し、したい」

私はぽつりと呟いた。

もう、裏切られることも我慢をしてなにかを諦めることもしたくない。以前の私は、なにもしなくてもただ傍にいられれば、幸せな未来を迎えられると信じて疑わなかった。けれど、その思いだけでは叶わなかった。

（もう、あんなに惨《みじ》めな思いはしたくないっ……！）

その強い思いが、私を突き動かす。

「本当に、いいのか？」

「……はい」

彼に真剣な顔で見つめられて、ますます後戻りができなくなったけど、今の私にとってはそのほうがいいのかもしれない。気持ちが揺らいで、判断を間違いたくないからだ。

私の顔は緊張で強張っているだろう。わずかに指先も震えているが、彼に悟られまいとシーツをぎゅっと握りしめる。それから間もなくして彼の表情が緩み、碧色の瞳を私の指先に向けると、掌を重ねて温かい熱が伝わった。

「手が震えている」

「これは少し緊張しているだけでっ……！」

簡単に気づかれてしまい、私は早口で言い訳をした。

「俺に抱かれるということは一生傍にいることになるけど、アリーセは構わないんだな？」

ヴィムは私の耳元で、言質を取るかのように聞いてくる。熱い吐息が耳に触れるだけでぞくりと全身が粟立ち、体を震わせていると耳元でクスクスと笑い声が聞こえる。

（もしかして、本気だって思われてない……？）

そう思うと、なんだか悔しさが込み上げてきて私は顔を背けた。すると、すぐ隣に彼の顔があり、ドクンと胸の奥が大きく揺れる。

「構いません……。ヴィムの傍にずっといたいのは私も同じです」

冗談だと思われたくなくて、恥ずかしさを堪えて必死に伝えた。すると、彼は一瞬驚いた顔をしたあと、満足そうな表情に変わる。それを見ているだけなのに、無性に恥ずかしかった。

「そうか、いいのか……。アリーセが望んでいるのであれば、気が変わる前に既成事実を作って、完全に逃げ道を塞いでしまうのもいいかもしれないな」

彼は不敵な笑みを浮かべると、意地悪な言葉で私をさらに翻弄する。

「……っ、それでも、構いませんっ」

「顔が真っ赤だ……。本当にアリーセは分かりやすい。だけど、お前の覚悟は分かったよ。ありがとう」

彼がわずかに緩んだ嬉しそうな顔をしたかと思うと、再び熱い唇が私の耳元に近づく。反射的に身構えてしまうが、彼の唇は耳ではなく首筋に移動し、そっと口づけた。

「な、なにをしているのですか？」

「首筋に少し触れただけだ。この程度で体を震わせて、もしかしてここも弱いのか？」

「……んっ、分かんなっ……」

彼は答えを待つことなく、首筋に口づけを落としていく。温かい唇の熱を感じるだけで、体の奥がぞわぞわして落ち着かない気持ちになる。普段触れられることのない場所なので、過敏に反応しているのだと必死に思い込もうとした。

「可愛い声が漏れているぞ。アリーセは、気持ちいいとそんな声を出すのか」

「ち、ちがっ……！　こ、これは、くすぐったいだけで……」

「最初はくすぐったくても、こうしたら別の感覚が出てくるかもしれない」

慌てて否定すると、今度はきつく肌を吸い上げられる。チクッとした痛みを感じて思わず甘い声を漏らしてしまう。

「……ぁっ、……ん」

「いい啼《な》き声だ。アリーセは強い刺激のほうが好みか？」

「はぁっ、分かんなっ……んっ……！」

ヴィムは唇を移動させ、何度も首筋を舐めまわす。時折、ざらりとした舌先が肌を滑り、体が小刻みに震える。きつく吸われたあとの肌にはじんじんと痺《しび》れるような熱が残り、体の火照りが強まる。

「アリーセの白い肌が、薄桃色に染まっていくな」

体が火照っていたので気づくのが遅くなってしまったが、私の胸元は大きくはだけていた。一瞬戸惑うも、頭が熱で浮かされているせいなのか抵抗する気は起きなかった。

「……んっ……はぁっ……」

きっと、体温が上がっているのは私だけではないはずだ。彼の唇の温度も徐々に上がっているような気がする。

愛撫は首筋から胸元へ移動し、乳房に何度もキスをされる。体の奥深くに疼《うず》きを感じ、じっとしていられなくて体を捩《よじ》る。

「はぁっ……、こればっかり、いや……」

思わず、私は懇願していた。すると、彼は動きを止めずに視線だけをこちらに向けてくる。

「少し焦らしすぎたか。この可愛らしい飾りが、先ほどからずっと主張しているくらいだからな」

「え……？」

彼は愛撫を止めると、両手で胸を優しく揉みはじめる。ブラウスのボタンはすべて外され、下着の紐も肩に落ちていた。そうなれば、当然私の肌は晒《さら》されていて、胸も見られているということになる。その事実を知った途端、沸騰するように全身の熱が上がった。

「……やっ、見ないでっ！」

恥ずかしくてどうにかなりそうで、慌てて胸を隠した。

「隠さないで全部見せて」

抵抗虚しく腕をはがされてしまう。彼は胸をまじまじと見ていた。恥ずかしいのでやめてほしいと思いながらも、耐えるしかなかった。

「アリーセの肌は白くてとても綺麗だな。触り心地もいいし反応もよさそうだ」

羞恥のせいでなにも言葉が思いつかないし、褒められても余計恥ずかしいだけだ。

「……ぁっ……」

私が黙っているとヴィムは掌で包んだ胸を再び揉みはじめた。まだ少し胸を触られただけなのに、じわじわと溶けだした甘い快感が広がっていく。彼は私の表情を確認しながら、強弱を付けて刺激を与えてくる。

「はぁっ……んっ……」

「ずいぶん可愛い声が漏れているが、痛くはないか？」

「だ、大丈夫ですっ……。でも、なんだか体が、変なのっ……」

「それは変なことではないと思うぞ。アリーセの体が気持ちよくなっている証拠だ」

「そう、なのですか？　ひぁあっ……！」

答えた直後に先端に鋭い刺激が走り、思わず高い声を張り上げた。どうやら彼は爪先で先端の突起を軽く引っ掻いたようだ。

「ここも弱いのか。本当にお前の体は弱点だらけだね」

「やぁっ……ぁっ……」

尖っている胸の先端を、今度は指で押し潰され転がされる。

「軽く弄っているだけなのに、可愛いらしい飾りがどんどん硬くなっていくな」

「……はぁっ、分かんなっ……ぁあっ……やぁっ、引っ張らないでっ……」

ヴィムは愉しそうな声を上げて、今度は指で挟み軽く引っ張り上げた。刺激された場所がじんじんと熱くなり、もどかしくて私は弱弱しく首を横に振った。

「指は不満か？　それならば、舌でたくさん可愛がってやるか」

「えっ……、なにを……、んっ、ぁあっ……!!」

彼はぷっくりと膨らんだ突起を口に含み、ちゅっとリップ音を響かせて舐めた。

「……ぁあっ、そんなに口の中で動かさないでっ……」

ねっとりとした熱い舌先が突起に添うように激しく動き回る。舌先の動きに意識を向けると、より気持ちよくなってしまい、私は初めて知る快感に身を捩《よじ》った。

「逃がさないよ。寂しそうにしているもう片方の胸も指で弄ってあげる。両方から与えられる刺激を味わって……」

「ぁっ……両方とか、だめっ……」

「だめじゃない。もっと乱れるアリーセの姿を見たい」

「……ぁあっ！　そ、そんなきつく吸い上げないでっ……、やぁっ……んっ!!」

口では嫌なんて言葉ばかり言っているが、快楽に沈むのが気持ちよくて、それと同時に未知の快感に支配されるのが怖かった。

（もうだめ、おかしくなるっ……！）

ぎゅっと目を瞑《つぶ》って耐えていると、彼の動きがぴたりと止まった。

「アリーセ、大丈夫か？」

「はぁっ……、はぁっ……」

ゆっくりと瞼を開け、浅い呼吸を繰り返す。ようやく胸を解放してもらえたけど、じんじんと痺《しび》れるような熱は今も体に残っている。

「悪い、少し調子に乗りすぎた」

普段の私であれば言い返すところだが、先ほどの行為を思い出すと羞恥心が邪魔をして、なにも言うことができなかった。

「やりすぎたこと、怒っているか？」

「……怒っていません」

ヴィムが意地悪なことは知っているし、私も同意したことなので責める気はない。ただ、思っていた以上に恥ずかしくて、そのことに耐えられないだけ。

「そうか……。アリーセ、続きはどうする？」

一段落して勝手に安堵していたが、これで終わりではないことを彼の言葉で思い出した。閨《ねや》の教育は一通り受けているので、なにをするのかはなんとなく知っている。

（本当に、最後までするの……？）

私が戸惑っていると、彼の大きな手が伸びてきて頬に添えられる。優しい碧色の瞳に見つめられると、胸が切なくなった。

「無理強いをするつもりはないから、そんな顔はしなくていい。ここで終わりでも俺は構わない」

「……っ、ヴィムは、続き……したいですか？」

私の意思を優先してくれる彼の気持ちはすごく嬉しかった。けれど、ヴィムの気持ちも知りたくて、思わず問いかけた。

「それを俺に聞くのか？」

ヴィムは困ったように笑った。

「そんなの、したいに決まっている。ずっと恋焦がれていた相手なのだから……。だけど、色々と急ぎすぎた気がする。いつかは体を重ねたいけど、今はアリーセの気持ちを大切にしたい」

雰囲気に呑まれてここまでしてしまったけど、彼のことを今まで以上に知って私はよかったと思っている。恥ずかしい姿をたくさん見られたことは気まずいけれど、いつかは通る道だ。

「ヴィムって私に気を遣いすぎな気がします。意地悪なくせに……」

「お前に嫌われたくないからな」

私がぼそりと呟くと、彼ははにかみながら答えた。

「あのっ、最後にもう一度だけ……キスしたいです」

彼の姿を見ていると、もう少しだけこの心地よい体温に包まれていたくなる。

「一度でいいのか？」

「……っ、今日は一度でいいです」

彼が意地悪な顔をするので、私は照れてぼそりと呟いた。

「それじゃあ、目を瞑《つぶ》って」

「はい……」

彼に促されて目を閉じると、唇に柔らかいものが重なる。

「……んっ」

この熱を感じていると妙に心が落ち着く。目を閉じていると、意識が遠くに落ちていくようだ。

「ヴィ……ム……、私の傍から、離れないで……」

「安心しろ。絶対に離れたりなんてしない」

半分薄れていく意識の中で譫言《うわごと》のように呟く。彼の返事を聞いた途端、心の中が幸福感に包まれて自然と頬が緩む。それから間もなくすると、白い世界に堕ちていき、私の意識はそこで途切れた。


温かいなにかに包まれている気がして、とても心地がいい。

「……んっ……」

「おはよう、アリーセ」

重い瞼をゆっくり開けると、目の前には優しく微笑むヴィムの姿があった。

(……え?)

状況が理解できず、しばらくの間じっとヴィムの顔を見つめていた。しかし、肌から伝わってくるヴィムの温もりはたしかで、次第に現実に引き戻される。

私は慌ててぎゅっと目を瞑《つぶ》った。

(ゆ、夢じゃない……!?)

「まだ眠る気か？　まあ、それでも構わないが……。アリーセの可愛い寝顔を眺めているのも悪くはないからな」

寝顔を見られるのは恥ずかしいので、ゆっくりと目を開いた。

「結局起きるのか？」

視界の先には碧色の瞳があり、彼は穏やかな表情で私のことを見つめていた。

「あのっ、私……、どれくらい眠っていましたか？」

「数十分くらいだ。謝らなくていいよ。それよりも……いつもあんなにうなされているのか？」

「え……？」

「短い間だったが眠っている間、うなされているように見えたから」

一年ほど前から眠りが浅くなっていることには気づいていた。目覚めると妙に頭が重くて、目元が濡れていた日もあったけど、大して気にすることなくやりすごしていた。

(もうルシアノの件は片づいたのに……。どうして……)

以前の私は余計なことをあまり考えたくなくて、見たくないものを見えないと思い込もうとしていた。そうして自分の気持ちに嘘をつくことで、普段の自分を演じていたのだ。

暗い気持ちになっていると、ヴィムが心配そうな瞳を向け、私の髪を優しく撫でた。

「まさかこんなに重症だったなんて。普段は分かりやすいくせに、どうしてこんなところだけうまく隠し通すんだよ。見つけたからには放っておくなんてできない」

彼は呆れたようにも不満そうにも聞こえる声でぼそりと呟いた。

（もしかして、私のことを心配してくれているの……？）

「もう余計な心配はしなくていい。俺が本来のお前を取り戻させるから。しがらみなんて断ち切ってしまえ。今のアリーセには、そんなものは必要ないだろう？」

きっと、彼はなにもかも分かった上で、そう言ってくれたのだろう。そこまで分かろうとしてくれる彼に対して、涙が溢れそうになる。それくらい嬉しかった。

ずっと私のことを裏切り続けていたルシアノとニコル。私の心に住み続ける妹の亡霊。そのせいでおかしくなった母と、過度の期待をしてくる父。長い間、心に住み着いた不安や心配事を彼ならすべて取り去ってくれるかもしれないと本気で思った。

けれど、それらすべてを捨てたら、今の私はどうなってしまうのだろう。そう考えると少しだけ怖い。

「ヴィム、ありがとう……。でも、そうしたら今の私ではなくなってしまうかもしれない……」

「そうかもしれないな。だけど、俺はそんなアリーセも見てみたい」

ヴィムは優しく微笑みながらさらりと言った。彼の明るい表情を見ていると後ろ向きな考えの自分が嫌になる。

（変わるにはちょうどいい時期なのかもしれない……）

私はこれから先、あの家を出てヴィムと共に生きていくことになる。先の人生に深く関わるのは家族ではない。ヴィムは私の手を引いて一緒に進もうとしてくれているのだから、なにを迷う必要があるのだろう。

（本来の私、か……。それは私自身も知りたいかも……）

「ここで提案なんだが、隣国には再来週行く予定だったけど、前倒しして来週に変更しようと思っている。お前はなにか予定はあるか？」

「特には、あ……でも仕事がっ！」

仕事のことを思い出して答えると、ヴィムはため息を吐くように笑った。

「アリーセらしい返答だな。一週間分の仕事を今週中に済ませなければならないが、そうなるといくらお前が優秀でも、決められた時間内に終わらせるのは少々難しそうだ」

「私、残業でも構いません」

「毎日残業となると大変だろう？　ということで、ここでまた提案だ」

首を傾ける私に対して、ヴィムはわずかに口端を上げた。

「移動や準備の時間を短くするために、しばらくここに泊まらないか？　その無駄な時間を勤務時間にあてればいい。仕事が忙しいと伝えておけばアリーセの両親は納得するだろう。それに……、そうなれば俺が一日中アリーセと一緒に過ごせるという利点もある」

ここに泊まればニコルと顔を合わせなくてもいいし、両親に変に気を遣う必要もなくなる。でも一日中一緒って……

「どうした、不満か？」

「いいえ、また大胆なことを考えついたなって思いまして」

「隣国には視察も兼ねて少し早めに行きたいと思っていたんだ。仕事は前々から調整していたから、そこまで多くあるわけではない。いつもよりは多少増えるが、俺とお前なら少し頑張れば終わるはずだ」

きっと、ヴィムは私を気遣ってこの提案をしてくれたのだろう。

「はいっ！　頑張って仕事を終わらせて早めに隣国に行きましょう！　そのためにも、私たくさん頑張りますね！」

張り切って答えると、彼は「決まりだな」と満足そうに言った。

ヴィムの傍にいると、どうしてこんなに心が楽なのだろう。一緒にいて楽しいし、私を前向きな気持ちにさせてくれる。彼の隣にいたら自分を変えるのは案外簡単なのかもしれないと思えてしまう。

「今日はこのままここで眠っていくか？　今ならアリーセが眠るまで頭を撫でるサービスがついているぞ？」

その言葉に惹かれてつい反応すると、それを見てヴィムはおかしそうに笑った。

「さあ、目を瞑《つぶ》って。今日は俺がついているから安心して眠るといい」

「ですが、そうしたらヴィムが眠れなくなってしまうのではないですか？」

「アリーセが眠ったのを確認したら俺も寝るつもりだ。だから、気にしなくていい。それまでは可愛いアリーセの寝顔を見て愉しませてもらうから。ほら、早く目を閉じて。それとも、またいじめられたいのか？　俺はそれでも構わないよ」

「……っ、寝ますっ！　おやすみなさいっ……！」

彼の意地悪そうな笑みを見て、私は慌てて目を閉じた。ヴィムに片手を握られ、温もりから存在を感じることができる。

「おやすみ、アリーセ」

ヴィムはそっと私の額に口づけた。そして、私が眠りに落ちるまで優しく頭を撫でていてくれた。安心したからか余分な力が抜けて、溶けるように深い眠りに堕ちていく。

この日はうなされることも、悪夢を見ることもなかった。


翌日、久しぶりにぐっすりと眠れた私は、頭がすっきりしていた。こんなに気持ちよく目覚められたのはどれくらいぶりなのだろう。眠る前に感じた手の温もりは未だに掌にあった。

体を少し傾けて、寝息が聞こえるほうへ向き直る。そこには綺麗な顔で静かに眠っているヴィムの姿があり、珍しいものを見られて嬉しくなる。

(ヴィムの寝顔だわ……、眠っている姿まで綺麗とか……彼らしいわ)

むしろ、彼の崩れた表情を見てみたかったという欲もあったが、寝顔を見るという貴重な体験ができて満足感を味わっていた。こんなことは初めてだし、もしかしたらこの先当分見られないかもしれない。となれば、じっくり見たくなった。

しばらく眺めていてもヴィムは一向に起きる気配がない。私は体を起こし、上から覗き込んだ。するとその瞬間、ヴィムの瞳がぱちりと開き、視線が合う。

「……あ。お、おはようございますっ！」

私は慌てて挨拶をした。

(び、びっくりした！　いきなり目を開けるなんて、驚かさないでっ……！)

「なにをやっているんだ？」

「え？　別に、なにも……」

心臓がバクバクと鳴り響く中、目を泳がせ適当に誤魔化そうとする。

「もしかして、俺の寝込みを襲おうとでも考えていたのか？」

「ま、まさかっ！　私は、寝顔を覗こうとしただけです。ヴィムの寝顔を見てみたかったし……。それに私ばっかり見られているのは悔しいですし！」

ブツブツと言い訳を並べると、ヴィムは微笑んでいた。

「な、なんですか？　文句があるのですか……？」

「いや、文句なんてないよ。ただ必死になっているお前が可愛いなって思っただけだ」

彼は満足した表情のままさらりと答えた。それがあまりにも自然で、恥ずかしくて頬が火照る。

「これくらいで照れるなよ。まあ、そういうところもアリーセらしくて好きだけど」

「またからかってっ……」

「これは本心だ。だけど、朝からいいものが見られて今日も頑張れそうだ」

焦っている私とは違い、ヴィムは涼しげな表情でさらりと答えた。いつもこのパターンで、私にだけ余裕がなくて本当に悔しく感じるが、彼に言葉で勝てる自信はまったくない。

「アリーセ、ちょっといいか？」

「……えっ⁉」

突然ヴィムに腕を引っ張られて、体勢を崩しそのままヴィムの胸に倒れ込んだ。

「ちょっと、いきなりなにすっ……っ……」

体を起こそうとすると、私の顔はヴィムの肩口にあり、距離の近さにドキドキした。

「予想通りの反応だ。この距離ならキスをするのも簡単そうだな。アリーセ、俺にキスして」

「わ、私が……？　ど、どうしてですか？」

私は混乱を隠さずにヴィムを見た。しかし、彼はにっこりと微笑んだままこちらを見ている。

「どうしてって、してほしいから。それじゃ理由にならないか？」

「そ、そんなことは……ないですが……」

「アリーセが恥ずかしくないように目を瞑《つぶ》っているから、それならいいだろう？」

この部屋には私たち以外誰もいないのに、私はあたりをしきりに確認してしまった。

「アリーセ、早く」

「は、はいっ……」

彼に急かされ、どくどくと鳴り響く胸の音を必死に抑えながらゆっくりと顔を近づけ、唇を重ねた。

しばらくそうしてからゆっくりと離れようとした瞬間、『そんなんじゃ足りない』という声が聞こえてきた。目を開けるとヴィムと視線が絡む。

「私も、足りない……」

私は羞恥を感じながらも小さな声で呟いた。

昨晩、ヴィムにもっとすごいキスを教えてもらい、あれを知ってしまった今、こんな可愛らしいキスだけでは物足りない。

「今日はやけに素直だな」

彼に煽られて、顔がカーッと熱くなる。

「アリーセ、舌を伸ばして俺の舌に絡めて」

「……んっ、はぁっ……」

伸ばした舌先をヴィムのものに絡めるように動かしはじめた。

「いい子だ。素直なアリーセも可愛いよ」

「んんっ……ぁっ……はぁっ……」

舌先が絡み合うたびに、室内にはぴちゃぴちゃといやらしい水音が響く。けれど、蕩けそうなくらい気持ちがよくて、そんなことはすぐに気にならなくなっていく。朝から背徳的なキスを求めてしまう自分を恥ずかしく思うけど、興奮しているのも事実だった。

しばらくの間キスを味わっていると、ゆっくりと唇が離れた。

「残念だが、今はここまでだ。アリーセの部屋に一通り必要そうなものは用意させた。足りないものがあったらその都度使用人に伝えてくれ」

「いろいろと用意していただき、ありがとうございます」

「別に大したことではない。アリーセに喜んでほしくて俺が勝手にしていることだよ。それに、俺たちはただの友人という関係ではなくなったのだから、畏まった挨拶もいらない」

そんなふうに言われるとなにも言えなくなってしまうけど、彼の心遣いに感謝した。同時に、ヴィムと特別な関係になったという実感が湧いてきて胸が高鳴る。

「アリーセ、身支度が済んだら朝食は一緒に摂ろう。それから……、今日の仕事をやり切ったら、あとでたくさんご褒美をあげる。やる気は出たか？」

「が、頑張りますっ！」

ご褒美という言葉に自然と頬が緩む。そんな私の姿を見て、ヴィムは満足そうな顔をした。

ヴィムは私がしばらくの間、王宮に滞在することを私の家にいつの間にか連絡してくれていて、午後になると邸《やしき》の者が荷物を届けにきてくれた。おかげで一度も邸《やしき》に戻ることなく、このまま継続して王宮で過ごせることになった。

第三章　見え隠れする独占欲

予定を前倒しして隣国へ向かうことが決まり、その分の仕事を片付けるために王宮暮らしがはじまった。ここでの暮らしは言うまでもなく豪勢だし、仕事はヴィムがうまく配分を考えてくれるので無理なくやれている。

こんなによくしてくれるヴィムには本当に感謝の気持ちでいっぱいだ。そして、彼と会うたびに惹かれていくような気がする。相変わらずからかってきたり意地悪なことを言ってきたりするけど、素直に心の内を明かしてくれるヴィムの態度に安心していた。私自身も些細なことで誤解されたくないので、これからは思ったことをちゃんと伝えていきたいと考えている。

ルシアノに裏切られたことはショックではあるけど、今後のための教訓として前向きに考えることにした。私は変わりたいと思っているから――

王宮に来て、初めての週末が訪れた。

こんな状況なので休みを返上して仕事をするのかと思っていたけど、前日にヴィムから『明日は休みだ』と告げられた。気分転換に街に出ようと誘われて、もうすぐ母の誕生日が近いことを話したら、彼がプレゼント探しに付き合ってくれることになった。

「こんなに素敵な服まで用意してもらって、なんだか申し訳ありません……」

「俺から誘ったことだし気にしなくていい。好みの服をアリーセに着てもらえて、こちらとしても満足しているからな」

馬車に揺られながら私たちはそんな会話をしていた。

ヴィムが用意してくれたのは、白いふんわりとしたワンピース。白一色のシンプルなデザインだが、大きなフリルが付いていて可愛らしい。靴は歩きやすいようにと、ストラップの付いた白色のローヒールを選んでくれた。

ヴィムはシンプルな白いシャツに黒のベストを着用している。目立つものなどなにも付けていないのに、素敵に見えるのはこの人の天性の魅力なのだろう。

なるべく目立たなくするために、今日は高価な装飾類は一切身につけていない。街には貴族も多く訪れるのだが、ヴィムはこの国の王太子なので目立つ。本人曰く、いちいち見つかって反応されるのが面倒とのこと。そういう理由で、今日はいつもと少し違う装いをしている。けれど、それがすごく新鮮で、すでに私はわくわくしていた。

「なにを贈るのか、もう決めているのか？」

「いえ、まだなにも……」

私の言葉を聞いてヴィムはくすりと笑った。

「まあ、店を回りながら考えればいいか。最近はなにかと忙しかったから、羽を伸ばす機会としてはちょうどよかったのかもしれない。アリーセとこうやって街に行くのは初めてだしな」

「はいっ！　今日はめいっぱい楽しみましょう！」

　街に出るのは久しぶりなので私は浮かれ気味だった。そのせいで声が弾む。

「はしゃぐ気満々といったところだな。街には悪い輩もいるから俺の傍を離れるなよ」

「……子供扱いしないでくださいっ！」

「別に子供扱いしているつもりはないが、お前は俺の大切な婚約者だから心配なんだ。今は恋人と言うべきか」

　急に恋人と言われて、顔がじわじわと熱くなっていく。

（こ、恋人って……）

「照れている姿は可愛らしいが、その顔は俺以外の前では見せるなよ」

「ヴィムがいきなり変なこと言うからっ……」

　最近の彼は時折独占欲を感じさせるような台詞《せりふ》を言うことが多くなった気がする。けれど、それくらい私のことを想っているということなのだろう。慣れてなくてすぐに照れてしまうけど本当は嬉しかった。

「今の俺たちは恋人同士だろう？」

「そうですがっ……」

「認めたな？　じゃあ、今日はデートということで楽しもう」

　ヴィムは楽しそうだが、私は一人でドキドキしていた。

（デート……!?　そうよね、恋人同士なら、デートになるのだわ。だけど、心の準備が……）

そんなことを考えていると、あっという間に街に到着した。

馬車を降りて歩いていると、賑やかな声があちらこちらから響いてくる。騒がしい場所はあまり好きではないけど、今日ばかりは楽しく思えた。隣に私のことを恋人だと言ってくれるヴィムがいるからだろう。

私たちは今、王都の一般地区を散策していた。王都には一般地区と貴族地区がある。基本的にどちらも出入り自由なのだが、貴族地区にある店はどこも高価なものばかり取り扱っているため訪れる者は限られている。一方の一般地区は、常駐している兵士や巡回している騎士がいるため比較的治安はいいけど、貴族地区に比べてさまざまな人がいるので犯罪がゼロというわけではない。

私の母は心配性なので、一般地区には決して近づいてはいけないといつも言っていた。だから今、一般地区を歩いていることにそわそわしている。

(ヴィムが一緒なら平気よね……)

警戒してあたりに視線を張り巡らせていると、隣から穏やかな声が響く。

「いい匂いがしているな。せっかくだし、なにか食べるか？」

「え？」

近くには多くの屋台が並び、先ほどから私も気になっていた。しかし、王太子であるヴィムが屋台で売っているものを食べようとしていることに驚いた。

「どうした？」

「えっと、ここは屋台ですよ？」

私は戸惑った声で問いかけた。

「ああ、見れば分かる。お前の言いたいこともなんとなく理解したが、なんのためにこんな格好をしてきたと思う？」

「目立たないように……、ですよね？」

「そうだ。いつもの格好でうろついていたら悪目立ちするからな。書類を見るよりも、こういった服装で街中に紛れ、実際に自分の目で見たほうが現状を知ることができる」

「え……？　普段からこんなふうに街に来ていたのですか？」

「たまに訪れることはある。護衛も紛れさせているが……」

ヴィムの話を聞いて、私は感動していた。街の現状を知るために、こんな格好をして人知れず王都を訪れていたなんて思いもしなかったから。

(やっぱり、ヴィムってすごいわ……)

「先に言っておくが、今日はお前と楽しむ目的で来ている。だから、お前が好きなところに行けばいい。それとも貴族が行くような店のほうが落ち着くと言うのなら、そこでも構わないが……」

「いえっ、ここがいいですっ！」

私はヴィムの声を遮って答えた。いつも母の言いつけを守り、気になっていたけど入れなかった場所に今私は来ている。せっかくのこんな機会を逃すなんてもったいない。

「そうか。気になるものがあれば教えてくれ。とりあえず見て回ろうか」

「はいっ！」

私は笑顔で答えた。

（すべて気になるけど、さすがに全部は回れないわね……。でも、今日が最後なわけじゃない。きっと、ヴィムがまた連れてきてくれるはずだわ！）

屋台を見て歩きながら、気になったものはなんでもヴィムが買ってくれた。初めて食べるものが多かったけど、どれも思った以上に美味しくて感動した。それ以上にドキドキを味わえたことがなによりも嬉しかったのかもしれない。

こんなに興奮して楽しいと思える時間を過ごせたのは何年ぶりだろう。

「うっ……、食べすぎましたっ」

「くくっ、気になるものを片っ端から食べていたからな。だけど、美味いだろう？」

「はいっ、こんなに美味しいなんて知らなかったです」

「我が国は貿易が盛んでいろいろな国から品が集まっているからな。それに、ここでは採れたてのものが並ぶから新鮮だって理由もあるだろう」

ここは一般地区であるが、貴族の姿も割と多い。何度か騎士とすれ違ったし、ここが危険な場所だという気配はまったく感じなかった。

しばらく休憩したあと、母のプレゼントを探すために私たちは貴族地区へ移動する。いろいろな店を覗きながらなににするか考えていたのだが、髪飾りが並ぶ店で気になるものを見つけた。アンティークのバレッタだ。

「決まったようだな」

「はい、これにしますっ！」

毎年なににするかすごく悩んでいたので、今年はすぐにいいものを見つけられて安堵した。買い物を終えて店から出ようとすると、入れ違いで入ってきた二人組が視界に飛び込んできた。

そこにいたのはルシアノとニコルだった。

（どうして、二人が……）

偶然なのだろうが、こんな場所で鉢合わせてしまい私は動揺を隠せない。

「お姉様、どうして……」

ニコルは一瞬驚いた表情をしたが、すぐに不満そうな声で呟いた。私はなにも言葉が思い浮かばず、気まずくて俯いた。

（最悪だわ、どうしてこんな場所に二人がいるのよ……）

私の様子に気づいたヴィムは「アリーセ、行こうか」と優しく声をかけてくれた。

「アリー、久しぶりだね」

歩き出そうとすると、今度はルシアノに声をかけられる。思わず視線が合ってしまったが、ルシアノは動揺するどころか嬉しそうなので、私は不快に感じて眉を顰《ひそ》めた。

二人からはちゃんとした謝罪の言葉を聞いていない。そもそも悪いことをしたという意識がないのだろう。人の気も知らずに、なにもなかったかのように平然と話しかけてくる図太い神経に腹が立つ。

（ルシアノの顔を見ているだけで気分が悪くなるわ。どうして平気な顔で話しかけられるの……？）

以前は慕っていた相手なのに、今は誰よりも憎くて嫌いな人間だ。

「悪いな、私たちはこのあと予定があるので失礼させてもらうよ。アリーセ、行こう」

「はい……」

ヴィムは動揺している私の手を握る。その温もりが、怒りの感情を少しだけ抑えてくれた気がする。彼を見ると、碧色の瞳が大丈夫だと言ってくれているように見えて心強く感じた。この場にヴィムがいてくれて本当によかった。

再び歩き出そうとすると、突然もう片方の手首を強引に引っ張られた。

「アリー、どこに行くの？」

苛立った声を上げたのはルシアノだった。

「は、離してっ！」

私は咄嗟に声を張り上げて、彼の手を振り払おうとした。けれど、私が抵抗しようとするとルシアノの手に力が入る。

（……痛っ、なんなのっ……）

「なんのつもりだ」

ヴィムは冷めた声で威嚇すると、ルシアノの手首を掴んで強引に引き剥がした。彼の力が強かったのか、ルシアノは眉を顰《ひそ》めたが、ヴィムは鋭い視線のままだ。

「……なんのつもりって、それはこっちの台詞《せりふ》だよ。あなたが誰かは知らないけど、僕たちの邪魔をしないでほしいな」

「邪魔をしているのは君のほうだろう。彼女は嫌がっている。見て分からないのか？」

「まさか、そんなことはないよね？　アリー」

ルシアノはヴィムに威嚇され少し怯《ひる》んだようだが、すぐに私を見て同意を求めてくる。

「はっきり言って迷惑よ。私はルシになんて会いたくなかったわ。ニコルといるのなら私になんて話しかけてこないでっ！」

私は不快感を表に出して、はっきりと言った。

「……ああ、そういうことか。アリーはニコルに嫉妬しているんだね。ふふっ、可愛いな。だけど安心して。僕にとって一番大切なのはいつだってアリーだよ」

うっとりとした顔をするルシアノは気持ち悪かった。

「……ルシ様、酷いわ！」

ルシアノの言葉を聞いたニコルは、悲痛な顔で彼に詰め寄った。

「酷い？　どうしてそんなことを言うの？　君は僕がアリーのことを好きでいても構わないと言ってくれたじゃないか。もちろんニコルのことも大事だけど、僕にとっての一番はいつだってアリーなんだ。それは絶対に変わらない」

「そ、それはっ、ずいぶん前の話よ！　今のルシ様の婚約者はお姉様ではなく私なのに……。愛してるって言ってくれたじゃないっ……、あれは嘘だったの？」

「嘘ではないけど……、アリーの前でこんな話はよそう。誤解されてしまう」

「誤解ってなによっ、もうすべてバレてるわ！」

二人は人前にもかかわらず口論をはじめ、私とヴィムはそれを冷ややかな視線で眺めていた。すると、突然ニコルが私をキッと睨みつけてきた。

「婚約してすぐに他の男と浮気だなんて……。お姉様って案外男にだらしがないのね」

ニコルはちらりとヴィムを見て、嘲《あざけ》るように鼻先で笑った。

（なにを言っているの……？　もしかして、ニコルは今ここにいるのがヴィムだってことに気づいていないの？）

考えてみると今日はかなりラフな格好をしているので、ニコルが気づかないのも納得できる。しかし、本人を前にして失礼な態度を取っていることは弁明できない。

「ヴィム……。あの、妹がごめんなさい……」

彼が優しいことは知っているけど、この状況を不快に感じているのは間違いない。しかも、その原因は私にもあるのだから謝らずにはいられなかった。

「いや、謝らなくていい。アリーセが悪いわけではないだろう。そういえば挨拶がまだだったから、ここでさせてもらうことにするよ」

「挨拶なんていらないわ。私、あなたに興味なんてないもの」

ニコルは相変わらずツンとした態度を取り続けていて、私は思わず苦笑してしまう。彼女は機嫌が悪くなるといつもこうなるのだ。

「そう言わずに聞いておくれ。私の名はヴィム・フレイ・ザイフリート。この国の王太子であり、君の姉であるアリーセ嬢の婚約者だ。よろしくとは言わないが、覚えておいて」

ヴィムが挨拶をすると、案の定二人とももののすごく驚いている。

「今日はこんな格好をしているが本当だ。信じられないというのであれば、後日王宮に来てくれたらいくらだって証明するが……」

「……王太子殿下とは気づかず、大変失礼いたしました」

ルシアノは一瞬悔しそうな表情をしたが、すぐに頭を下げた。懸命な判断だと思う。

ニコルはなにがなんだか分からないといった様子で立ち尽くしている。

「アリーセは以前は君の婚約者だったかも知れないけど、今は私と婚約している。彼女のことは私が必ず幸せにするから、これ以上アリーセに近づくな」

ヴィムは目を細め、警告するように冷たい声で言い放つ。彼はそれだけ言うと私のほうへ視線を戻して優しく微笑んだ。

「もうここには用はないし、行こうか」

「そうですね……」

戸惑いながら答えると、ヴィムは私の手を引いて店の外に出た。ルシアノとニコルは彼が王太子だと知ったからか、これ以上追ってくることはなかった。また私は彼に迷惑をかけてしまった気がして、申し訳なさでいっぱいになる。

私に向けられたものではなかったけど、先ほどのヴィムの冷酷な声には鳥肌が立った。あんなに冷え切った態度のヴィムを見るのは初めてだったので、少し動揺してしまう。

その後、私たちは馬車に乗り、王宮へ戻ることにした。あの二人に会ったことで変な雰囲気になり、私はどう話を切り出していいのか分からなかった。ヴィムも黙ったままでいるけど、絡めるように結んだ手はそのままだった。

私は落ち着かない気持ちでちらちらとヴィムに視線を送っては、『どうしよう、なにか話さなければ……』と思うのだけど、先ほどの冷たい声を思い出して躊躇《ちゅうちょ》していた。

「……アリーセ」

そんなことばかり考えていると、不意にヴィムに呼ばれて顔を上げた。

「は、はいっ……」

「あの男に掴まれていた手首、痛かったんじゃないか？」

彼の声はいつもの穏やかなものに戻っていて安心する。

「あのときは少し痛かったですが、今は大丈夫です」

私がそう答えると「見せて」と言ってきたので、不思議に思いながらも手を差し出す。すると、彼は私の手に触れて、確認するようにじっくりと見はじめた。

「あの、もうよろしいですか？」

あまりにも長い間そうしているので我慢できなくなり声をかけると、「まだだ」と言われてしまう。そして、私の手首に唇を押し付けたかと思うと、ちゅっと音を立てて愛撫をはじめる。突然のことに驚いて私は手を引っ込めようとするが、彼は放してくれない。

「アリーセ、まだいいとは言っていない」

「で、でもっ、いきなりなにをするのですかっ！」

ヴィムは喋りながら愛撫を続ける。私はかなり動揺していた。手首に唇を押し付けられるたびに、ぞくっとして体が勝手に揺れてしまう。

「消毒とでも言っておこうか。だから諦めて俺の愛撫を受け入れて」

「消毒って、……んっ……」

ヴィムは私の反応を見て満足そうに口元を歪めると、今度は舌先を伸ばして這《は》わせるように舐めはじめた。

（こんなの消毒なんかじゃないわっ！）

手首しか触れられていないのに、全身がぞわぞわと粟立つ。吐息にも熱が篭り、体中が火照っていく。

「ただの消毒なのに、アリーセはそんなにいやらしい声を漏らすんだな」

「ち、違いますっ……」

本当はもっと文句を言いたいところだけど、これ以上口を開けたらまた声が漏れそうで言葉を飲み込んだ。その代わりにヴィムのことをむっと睨みつける。

（悔しいっ！　絶対分かってやっているわ……）

これはいつもの彼の意地悪だ。ヴィムの表情がそう言っている。

「違うのなら、問題ないな」

ヴィムはニヤリと意地悪そうに笑うと、手首に唇を押し当て深く吸い上げる。ちくりとした鋭い痛みを感じたあと、ようやく解放された手首には赤い痕がくっきりと残っていた。

(馬車の中だっていうのに……。だけど、いつものヴィムに戻ったみたいでよかった……)

それから間もなく王宮へ戻った。


馬車から降りると突然ヴィムに横抱きにされ、そのまま彼の部屋へ連れていかれる。私は降ろしてほしいと頼んだけど彼は即答で却下した。抵抗しても無駄なことは分かっているので少しの間耐えていた。

そして現在、私はベッドの上で仰向けに寝ている。覆いかぶさるようにしてヴィムの体が重なっているので逃げられない。動揺しているけど、同時に興奮もしている。

以前このベッドの上で肌に触れられ恥ずかしいこともたくさんされた。ここで寝ていると、あのときの記憶が蘇ってきて私の胸は高鳴る。

王宮で過ごすようになってから、ヴィムと一緒にいる時間が多くなった。彼が私を大切に思ってくれていることは一緒にいたら自然と伝わってくるし、不意をついてキスされる回数も多くなった。

確実に私たちの距離は縮まっている。

けれど、あの日以来、ヴィムの部屋に入れてもらえることはなかった。あのときみたいに淫靡《いんび》な快楽の世界をまた見てみたいと願っていたけど、恥ずかしくて自分から言えるはずがない。なので、今の状況に私はかなり興奮していた。

(あのときの続きをするの……?)

彼の傍にいる時間が増えて、以前よりもヴィムのことが好きになったし、もっと彼のことを知りたいとも思う。私はもっと彼と深い関係になることを望んでいるのかもしれない。ヴィムが私を求めてくれるように、私も彼を求めている。

胸を高鳴らせ碧色の瞳の奥をじっと見つめていると、彼の口元が動いた。

「アリーセ、抵抗しなくていいのか？」

「え……？」

彼の言葉でハッと我に戻り、私は慌てた。貪欲な心の中を見透かされているみたいで恥ずかしくて、私の鼓動は速くなる。

「お前、本当に分かりやすいな。それに、すごい心臓の音……」

「……っ！　聞かないでっ！」

はっきりと言葉にされて、羞恥で全身が熱に覆われていく。

「勝手に聞こえてくるのだから仕方がないだろう。それに、アリーセはこんなふうに組み敷かれると興奮するのだな。次回の参考にさせてもらうよ」

恥ずかしくて黙っていると、彼の顔が私の耳元に近づく。抵抗しようにも完全に逃げ道を塞がれてしまい、私には防ぐ術がなにもない。

（ち、近すぎっ……！）

熱の篭った吐息が耳元に触れて、ぞくりと全身が粟立つ。緊張しているせいか余計に体が敏感に反応してしまう。

「このままくっついていたいところだが、このあとやらなければならないことがある。悪いけどアリーセにも付き合ってもらう。顔合わせをするだけだからすぐに終わるはずだ」

「顔合わせ……？　一体、なんの話ですか？」

眉を寄せていると、「陛下と王妃に会ってもらう」とさらりと言われた。

「えっ、……ええっ⁉」

突然のことに、私は動揺した。なんの予告もなく、いきなりこれから陛下と王妃に会うなんて言われても正直かなり困る。心の準備なんてまったくできていない。

「ドレスは用意してある。婚約の了承もすでに得ているから、本当に顔合わせをするだけだ。非公式の場だから畏まる必要はない」

「そんな簡単に言われても……」

「隣には俺がいる。お前を困らせることはしないから安心していい」

ヴィムが傍にいてくれたら心強いけど、それでも突然すぎてまだ頭の中は混乱し続けている。私が泣きそうになっていると、彼は落ち着かせるように髪を優しく撫でてくれた。

「すまない。これぱっかりは俺でも断ることができなかった」

「いえ、ヴィムが謝らなくても。……っ、大丈夫です。私、頑張ってみます！」

彼を困らせたいわけではない。それに動揺しすぎて頭から抜けていたけど、今の私は王太子であるヴィムの婚約者だ。最初はフリだからと軽い気持ちで引き受けてしまったが、今は本気で彼の隣に立つのに相応しい人間になりたいと思っている。そのためには避けて通れない道だし、ヴィムの両親である陛下や王妃様には認めてもらいたい。

（動揺してばかりでは駄目だわ……。もっとちゃんとしないと。これでは相応しくないと思われるわ……。それは絶対に嫌……！）

もしも認めてもらえなかったら、彼と引き離されてしまうかもしれない。そんなことは考えたくない。確実に私の中でヴィムの存在は大きくなっていて、もう手放せなくなっていた。

「大丈夫か？　そんなに思い詰めなくていい。今日は本当に顔合わせだけだ」

「お気遣いありがとうございます。少し驚いて取り乱しましたけど、もう大丈夫です」

私が笑顔を作って答えると、彼は「そうか」と呟き、落ち着くまで髪を柔らかく撫でてくれた。

「私ならもう大丈夫です。そろそろ準備をはじめたほうがよろしいですよね？」

「ああ、あまり時間がないからな。アリーセ、受け入れてくれて感謝する。ありがとう」

ヴィムはそう言うとベッドから体を起こし、外にいる使用人を呼びにいった。


「彼女のことを頼む。準備が終わる頃に迎えにくるよ」

戻って来たヴィムは使用人にそう告げると、私を残して部屋から出ていった。

私は、ヴィムの私室から扉で繋がっている部屋へ案内された。そこにはすでに数人の使用人たちが待ち構えていた。彼の部屋に比べると少し狭く感じるが、並んでいる家具はどれも一級品ばかり。

それに、奥には天蓋付きのキングサイズのベッドがある。

ヴィムの私室と繋がっていることから、恐らく親しい人の部屋なのだろう。

（従者の部屋にしては豪華すぎるわね。親しい人ってことは、もしかして婚約者の部屋ってこと……？　……っ、婚約者って私のこと!?）

頭の中であれこれ考えを巡らせていたが、使用人の一人から声をかけられて我に返った。

「アリーセ様、こちらにおかけください」

「は、はい」

私は部屋の奥にある大きな化粧台の前に座った。大きな鏡に見入っている間に使用人たちがメイクや髪をセットしていく。慣れた手付きで淡々と作業が進み、あっという間にドレス姿になっていた。

用意してもらったドレスは、ミントグリーンのふわりとした生地で、腰の所にある大きなリボンがアクセントになっているデザインだ。ドレスを包むように白いシースルー生地が覆っていて、肌の露出は抑えられている。シースルーの部分には白い糸で細かな刺繍が施されていて、上品だ。靴はドレスと同色のミントグリーンのハイヒールだ。髪型は毛先を少しだけ巻いてもらい、サイドは編み込みになっている。緩く結んだ髪を左に寄せ、白と淡い緑の花をあしらった髪飾りを付けてもらった。

仕上げに、白色の宝石がちりばめられたネックレスとイヤリングを付ける。派手な色ではないけど、光が反射するたびにキラキラと輝き、自然と周りの視線を集めることができそうだ。

「すごく素敵……」

鏡に映る自分を見て、思わずうっとりとした声を上げてしまう。

「アリーセ様、すごく似合っておられますよ。さすがヴィム殿下のお見立てですね。これにてすべての準備が完了いたしました。ヴィム殿下がいらっしゃるまで、あちらのソファーでお待ちくださ い。アリーセ様がゆったりできるようにお茶をご用意しております」

「ありがとう」

準備をしてくれた使用人たちに感謝の気持ちを伝え、ソファーの前へ移動した。

(これってすべてヴィムが用意してくれたのよね。すごく可愛いらしくて気品も感じる。悔しいけど、ヴィムのほうがセンスは上な気がするわ……)

なにをしても彼には到底敵いそうもない。けれど、私のために色々考えて用意してくれたことは素直に嬉しくて浮かれそうになる。

私はソファーに座り、ヴィムが来るのを待っていた。このあとのことをあれこれ考えると緊張するので、気を紛らわせるために周囲に視線を巡らせる。そのとき、ある違和感を覚えた。

(あれ……？　この部屋、廊下に通じる扉がない……？)

普通ならば廊下に面した壁に扉があるはずなのだが、この部屋にはそれが見当たらない。出入り口は先ほど私が通ってきた、ヴィムの部屋から繋がっている扉のみ。

(……どういうこと？　ここは彼の隠し部屋ってことなのかしら？)

王太子という地位にいるのだから、考えたくはないが命を狙われることもあるのかもしれない。そういうときのための隠れる部屋、なのだろうか……

そんな疑問を抱いていると、扉の奥から聞き覚えのある柔らかい声が響いた。

「アリーセ、準備は終わったみたいだな」

私がドレスの着付けをしている間に、ヴィムも着替えを済ませたようだ。白を基調にした軍服のようなデザインの服で、背中には足元まで届く長さの同色のマントを羽織っている。肩章や袖などにはすべて金色の刺繍があしらわれ、それがアクセントとなって優雅に見える。普段からヴィムは似たような服を着ているけれど、今日はいつも以上に華やかに見えた。

そして、私のドレスと合わせるように首元のスカーフはミントグリーンだ。どこから見ても彼の立ち姿は美しくて、気を抜くと見惚れてしまう。

「ああ、やっぱりそのドレスにして正解だった。アリーセによく似合っている」

「こんなに素敵なドレスを用意していただき、ありがとうございます」

気恥ずかしく思いながら慌てて言葉を返した。ドレスを着ているから落ち着かないのか、ヴィムが普段以上に色っぽく見えてドキドキしているのか、あるいはその両方なのかもしれない。

彼は目の前までやってくると、私の手を取ってそっと口づけた。

「顔が若干赤いように見える。アリーセは、手の甲にキスをされただけで頬を染めるのか？」

「ち、違いますっ……」

咄嗟に反論すると、ヴィムはどこか満足そうに笑みを浮かべた。

「彼女の準備、ご苦労だった。もう下がっていいよ」

彼が声をかけると使用人たちは部屋から出ていき、再び二人きりになる。

「もう少し人目を気にしてください」

「そうか？　だけど、お前はもう俺のものなんだし、なにも問題はないだろう？」

私が文句を言うと、ヴィムは当然のように返してきた。

(俺のものって……)

そう言われると恥ずかしさと嬉しさが込み上げてきて、また顔の奥が熱を持ちはじめる。

「私は、私のものですっ！」

感情を隠すために咄嗟に反論したが、どうして私はこういう場面でいつも素直に『嬉しい』と言えないのだろう。ヴィムはしばらく黙ったままじっとこちらを見つめている。

(もしかして、機嫌を損ねたのかしら……？)

私が不安を抱きはじめてから数秒後、彼は不意にふっと小さく笑みを漏らした。

「な、なんですか？」

「それなら、俺はアリーセのものでいいよ。もう心はアリーセに囚われているのだから」

彼は満足した顔でさらりとそう言った。想定外な言葉を聞かされて、私の頬はみるみるうちに熱に包まれていく。

「どうした、照れているのか？　本当にお前って嘘がつけないって言うか、素直で可愛いな。俺の心はいつだってアリーセのものだよ。絶対に離れないし、アリーセ以外の存在に興味を持つことはこれから先もないだろう」

その瞳はやけに鋭くて、いつもみたいに冗談で言っているようには見えなかった。まるで『逃がさない』と言われているような気がして、ぞくりと鳥肌が立つ。

「このままアリーセと二人きりで過ごしていたいが、そろそろ時間だ。行こうか」

「そう、ですね……！」

いよいよだと思うと、急に緊張して顔が強張ってきた。すると突然、ふわりと体が浮き上がった。

私は反射的にヴィムの首に手を回した。

「いい子だ。そのままちゃんと俺に掴まっていろよ」

「私、自分で歩けますっ……」

「それは駄目だ。なんのために俺がヒールの高い靴を選んだか分かるか？」

「ヴィムと並んでもおかしくないようにですか？」

私は他の令嬢と比べると身長は低いほうだ。ヴィムと並ぶとバランスが悪いかもしれない。

「不正解。こうやって俺がアリーセのことを運ぶためだ。でなければ、こんな危なっかしい靴をわざわざ選んだりしない」

「運ぶって、このままずっとですか？　そんなの無理です、お願い下ろしてっ……」

「恥ずかしいのは分かるが少しだけ我慢してほしい。アリーセとの婚約が決まった以上、極力変な噂を立てられたくないからな」

彼と同意見だけど、それで恥ずかしさが消えるわけではない。そわそわと落ち着かない気持ちでいると「少しの我慢だ」と言ってヴィムは歩き出す。

廊下を歩いている時間は、長くも短くも感じた。けれど、ヴィムに抱かれていると安心して、背中を後押しされている気分になる。

謁見の間に到着すると、国王陛下と王妃と対面した。王家主催のパーティーで何度か顔を合わせたことがあったが、今回はそれとは事情がまったく違う。

必死に頭の中で挨拶を考えていたけど、二人を前にした途端、緊張ですべてが吹き飛んだ。けれど、隣にいたヴィムがすべて進めてくれたおかげで、目立つ粗相をすることなく終えることができた。

「部屋に到着だ。もう安心していいぞ」

再びヴィムの私室に戻ってくると、彼は私の体をソファーに降ろした。

「帰りも抱きかかえていただき、ありがとうございました。まさか足に力が入らなくなるなんて思いませんでした……」

「気にしなくていい。それよりも、よく頑張ったな」

彼に褒められるとくすぐったい気持ちになり、私は恥ずかしくて目を逸らした。頑張ったのはヴィムであり、私は隣で立っているだけで精いっぱいだった。

「挨拶も終わったし、これで結婚に向けて本格的に動けそうだ」

隣に座るヴィムは安堵したような表情をしていたけど、結婚という言葉に私は驚いていた。まだ結婚するという実感が湧かない。

数週間前、成り行きで彼の婚約者になり、指輪まで受け取ってしまった。そして、彼に想いを打ち明けられ、今日は陛下と王妃に挨拶までしてきたわけだけど、現実離れしていることばかりで夢でも見ているような気分だ。

（気のせいだとは思うけど、あまりにもうまくいきすぎてなんだか怖いわ……）

まるで最初から用意された筋書きを辿っているようだ。指輪にしてもドレスにしても、私の体にぴったりのものが用意されていた。あれは誰が見ても特注品だと分かるものだったのに。

「そんなに驚くことか？　婚約したのだから、結婚するのは当然のことだろう？　俺は早くアリーセと結婚したいと思ってる。お前は違うのか？」

「そんなことはないですけど、まだ婚約したばかりですし、それに事務官の仕事も……」

「俺が聞きたいのはそういう答えじゃない。アリーセの気持ちを聞いている」

「それは……」

ヴィムは真っ直ぐに私の瞳を見つめた。彼のことは好きだし、いずれは結婚したいと思っている。けれど、つい先日婚約したばかりで、もう結婚の話をされると戸惑うのは当然ではないだろうか。

「正直に言ってくれて構わない」

「ヴィムとは、今みたいにずっと一緒にいたいです……」

「それは、今すぐ俺と結婚しても構わないってことか？」

「は、はい。そう受け取っていただいて大丈夫です」

その気持ちに嘘はないけど、改まって聞かれると緊張してしまう。

ヴィムは表情を緩めて「ありがとう、嬉しいよ」と答えた。彼の微笑んでいる姿を見ていると、私まで頬が緩んでいく。案外、成り行きに任せるのもいいかもしれない。

「いろいろ準備があるから、早くても半年後ってところだな。ここでの生活に慣れるためにも、このままここで暮らさないか？」

「え……？　でも、迷惑ではありませんか？」

できることならば私もそうしたい。

「迷惑なはずがない。ひとときだってアリーセと離れたくないくらいなのだから……」

彼は不意に私の手に触れて愛しそうな瞳を向けてきたので、ドキッとして胸の奥から熱い感情がじわじわと込み上げる。

「……っ、ヴィムがよろしいのなら、私……ここにいたいです！」

「決まりだな。数日後、隣国に行き、それが終わって戻ってきたら挨拶をしに俺もアリーセの邸《やしき》に同行するよ。そのときに一緒に荷物を取りにいこうか」

「はいっ！　ありがとう、ヴィム……」

彼はいつだって私のことを大切に思ってくれる。口にはしなかったけど私が邸《やしき》に戻りたくないことにも気づいているのだろう。そんなヴィムに私はどんどん惹かれていっている気がする。

少し前まであんなに緊張していたのに、今は完全に心が緩み切って彼との会話を楽しんでいた。

「普段の姿も可愛らしいが、今日のアリーセは雰囲気が違ってまたいいものだな」

「……っ、いきなり、なんですか」

突然ヴィムの手が伸びてきて、頬に触れ優しく撫でられる。彼の体温を感じると急に距離が近づいた気がして鼓動が速くなる。狼狽《うろた》えた私は視線を外した。

「その反応、何度見ても見飽きないな。アリーセを動揺させているのが俺だと思うと興奮する」

「なっ……！　酷いですっ！」

私が顔を上げて反論すると、そこには優しく微笑むヴィムがいて、さらに胸がバクバクと騒がしくなる。普段と違う装いをしているのは私だけではない。いつも以上に大人っぽく映るヴィムの姿にドキドキしないはずがなかった。

「やっと、こっちを見たな」

「んっ……」

視線が合うとヴィムは目を細めて笑い、私の唇にそっと口づけた。味わうように唇を吸い上げられる。

「ずっとこうしたかった」

「はぁっ……、わた、しもっ……ん」

ヴィムは角度を変えながら何度も啄《ついば》むようなキスを繰り返す。口づけられるたびに重なった部分が熱を持ち、徐々に吐息が漏れはじめる。

「こんなじれったいキスだけじゃ満足できないよな。舌を出して」

ヴィムは一度唇を離すと、熱っぽい瞳で私を真っ直ぐに見つめた。キスの熱で理性を半分くらい溶かされて、抵抗する気が起こらず、私はゆっくりと舌先を伸ばした。

「素直でいい子だ」

「……はぁっ……んんっ……」

満足そうな声が聞こえてきて、すぐに私の舌は搦《から》めとられた。ざらざらとした舌の感覚がはっきりと伝わって、体の奥がぞわぞわと疼《うず》きはじめる。少しでも舌先を引っ込めようとするものなら、逃がすまいと深く吸われてしまう。

「逃げるなんて、許した覚えはないぞ」

ヴィムはそう言って、満足するまで何度も深く口づけをした。

全身が熱に包まれた頃、ゆっくりとヴィムの唇が離れていく。静かに瞼を開けて彼の口元を見ていると、名残惜しくて切ない気持ちになる。

「どうした？　まだ足りないか？」

「……た、足りない……」

涙が滲んで、彼の姿がぼやけて見える。

（もっと、ヴィムとキスがしたい……）

彼に触れられていると心地よくて、離れたくなくて、私の心は貪欲になっていく。

「知ってる。俺もまだ足りない。続きはベッドでしようか」

その言葉を聞いて、これから自分がされることを思い出した私は、顔が一気に熱くなる。

（私、これからヴィムと最後まで……）

「俺に抱かれても構わないんだよな？」

ヴィムは私の耳元に唇を寄せ、艶のある声で囁いた。

「可愛い反応だ。アリーセ、覚悟ができているのなら俺の首に手を回して」

火照る頬の熱を感じながら、ゆっくりと腕を伸ばしてヴィムの首に絡めた。

（悩む必要なんてないわ。だって、私はこうされることを望んでいるのだから……）

本当はもっと慎重に考えるべきなのかもしれないけど、後悔したくない。ヴィムならば、これから先きっと私だけを見ていてくれると信じている。私はそんな彼を少しでも支えられるような存在になりたい。

「本当にいいんだな」

「はい……」

小さく答えると、ふわりと体が浮き上がり、彼の首に絡める腕に力が入る。横抱きにされてベッドへゆっくりと運ばれる。

その間、私はじっと彼の横顔を眺めていた。先ほどから、うるさいくらいにバクバクと鳴り響いている鼓動の音はヴィムに伝わっているのだろうか。今の私の感情を言葉で表すとしたら、緊張と興奮が入り混じった気持ち、と表現するのが一番近い気がする。

そんなことを考えているとあっという間にベッドに到着し、ヴィムは静かに私の体を降ろした。

その瞬間、碧色の瞳に囚われ鼓動が跳ね上がる。

「緊張しているのか？　顔が少し強張っているように見える」

ヴィムは優しい声で呟くと、頬を柔らかく撫でた。けれど、今の私にとっては逆効果で、触れられるとさらに鼓動が速くなってしまう。

「だ、大丈夫です。私……、もう覚悟はできていますので！」

私はヴィムの手に重ねるように触れて笑顔で返した。

「そうか。綺麗に着飾ったドレスだが、今の俺たちには必要ないものだから脱がすぞ」

「……はいっ、自分で脱ぐのでお気遣いなく！」

「そのドレス、一人で脱ぐのは結構大変なんじゃないか？　だから、俺に任せてくれ。アリーセが退屈しないようにキスをしながら脱がしてやるから……」

「そ、そんなことな……、んっ……」

私の言葉を封じるようにヴィムは唇を塞いだ。キスが再開するとドレスのことなど頭から薄れていく。ヴィムの舌先が唇の上で蠢《うごめ》き、ざらりとした感覚にぞくりと体が震える。

「……はぁっ、んぅ……」

時間をかけて味わうようにねっとりと舐められると、焦らされているようで体の奥がじんじんと疼《うず》きはじめる。我慢できなくなって、私は唇を薄く開く。すると待っていたと言わんばかりに、熱の篭った舌先が歯列を抉《こ》じ開け侵入してきた。そうなると、あとはお互いを貪るように舌を絡め合い、深いキスを繰り返すだけだ。

(やっぱり、ヴィムとのキスすごく好き……)

「はぁっ……、ん」

「アリーセの口の中、さっきよりも熱いな。これから俺にされることを考えて興奮しているのか？」

「んっ、ち、違っ……んんっ」

「違わないだろう？　ああ……、いじめてほしくてわざと否定しているのだったな」

私が喋れないのをいいことに、ヴィムは意地悪なことばかり言ってくる。けれど、彼が言っていることは多分間違ってない。私はヴィムに意地悪なことを言われるたびにドキドキしている。

キスに夢中になっていると、上半身が涼しく感じたのでわずかに目を開けた。ドレスが肩から落とされて、私の肌が晒《さら》されている状態だった。

急に現実に戻されて一気に頬に熱が走る。

「アリーセ、このまま全部脱がすから少し腰を浮かせられるか？」

「……はい」

ヴィムはドレスと下着をすべて脱がし、私はベッドの上で生まれたままの姿になった。やはり脱がされた直後は何度経験しても恥ずかしい。

羞恥を感じていると、ヴィムも服を脱ぎはじめた。その様子を見ていると、本当にこれからヴィムに抱かれるのだと実感して、期待と不安で胸の奥がいっぱいになる。

気づけばお互い一糸まとわぬ姿になっていて、私はどこに視線を向ければいいのか分からなくなっていた。一人で戸惑っていると、「アリーセ、どこを見てるんだ？　俺はこっちだ」と言われ、強引に彼のほうを向かせられた。

「アリーセの緊張が俺にまで伝わってくるようだ。まずはお前の緊張を解してあげるから、そこに横になって」

「……うつ伏せでもいいの？」

私はヴィムの顔を見るのがどうしても恥ずかしくて、そう問いかける。

「アリーセがうつ伏せのほうがいいって言うのならそれでも構わないよ」

「分かりました……」

意外にもあっさり受け入れられ、私は内心ほっとした。

ベッドの中心でうつ伏せになると、ヴィムが私の体に触れはじめる。

「お前は背中も綺麗なんだな。傷一つない真っ白な肌だ」

「……っ、そう、ですか」

普段誰かに触れられない場所のせいか、少しの感覚でも敏感に反応する。

「アリーセは背中も感じるのか。全身が性感帯みたいだな」

「はぁっ……んっ……、そんなこと、ないっ……」

時折、ちゅっとリップ音が響き、そのあとにチクッとした痛みが走る。

「背中に痕を残してどうするのですか？　そんなところ、誰も見ないのに」

「アリーセの全身に俺のものっていう証を残したい」

ヴィムはそう言って愛撫を繰り返す。彼の顔は見えないのに言葉だけで興奮して、顔がじわじわと熱で覆われていく。

彼は背中に愛撫を続けながら、掌を私の足へ伸ばした。太腿の裏側をなぞるように上へ滑らせる。その感覚に期待して足をわずかに開いた。けれど、彼の掌は私の中心には向かわず、その奥にある尻のほうへ伸びた。

「……ぁっ、お尻……いやっ……」

彼の手が双丘まで上り詰めると、掌に収め少し強引に揉みしだいた。

「小さくて可愛らしい尻だ。こうされるのも感じるのか？」

「ちがっ……」

私は羞恥を感じて咄嗟に否定したが、尻を刺激されると中心が熱くなり、奥からとろりとした愛液が溢れていくのを感じた。

(うそでしょ……。お尻を撫でられて気持ちいいだなんて、あり得ないわ……！　でも、これ……すごくいい)

こんなことで感じてしまう自分をとても浅ましく感じる。けれど、気持ちいいのは事実で、それを隠すため必死に声を堪えた。

「んっ……っ……」

「違うのか。それじゃあ中を確認してみよう」

「え……？」

「さっきお前が自ら足を開いてくれたから、簡単に触れられそうだ」

尻を触っていた彼の手がゆっくりと下りていき、秘裂をなぞられる。少し触れただけなのに、ヴィムの指が動くたびにくちゅくちゅといやらしい水音が私にも聞こえてくる。

「……ぁっ、だめっ……」

「この音、アリーセにも聞こえているよな？　自分がどれだけ濡れているのかも本当はちゃんと分かっているのだろう？」

ヴィムは蜜口に指を差し込み、浅いところを掻き混ぜるように動かしはじめた。ずっと疼《うず》いていた場所を刺激され、体は悦んで彼の指をぎゅっと締め付けてしまう。

「一体いつからこんなに濡らしていたんだ？　背中を愛撫されたとき？　それとも、キスしたときか？」

「それはっ……んっ、はぁっ……」

私が答えられずにいると、不意に熱い吐息が耳元に吹きかかり、びくんと体が跳ねる。

「……ひぁっ！」

「ドレスに着替える前……だよな？」

「そんなの、知らないわっ……」

私は答えるのが恥ずかしくてぎゅっと目を閉じて、消えそうな声で呟いた。彼は私の答えを分かっていて、敢えて言わせようとしているのだろう。

「そんなに必死に隠そうとするなよ。余計に追い詰めたくなる」

彼の低い声が頭の奥に響き、ぞくりと背筋に鳥肌が立つ。ヴィムが私に酷いことをしないことは分かっているけど、意地悪ならいくらでもするのだ。

（一体、なにをするつもりなの……!?）

私が一人で胸を高鳴らせていると、彼はようやく耳元から唇を離した。

「時間ならたくさんあるし、ゆっくり愉しませてもらうことにするよ。まずはここを解すから少し腰を上げてくれないか？　そうだな、四つん這《ば》いの体勢になってくれ」

「四つん這《ば》い？　わ、分かったわ」

私はドキドキしながら一度体を起こして、言われた通り膝をついて四つん這《ば》いの体勢になった。

ヴィムに「足はもう少し開いて」と指示され、彼の手に誘導されて足を左右に広げた。

「なにをするの？」

これからされることに不安になり問いかけるが、彼はすぐには答えてくれなかった。気になって後ろを振り向くと、ヴィムはなぜか私の下で仰向けになっている。

(なにをしているの……？)

彼のしようとしていることが分からず眉を顰《ひそ》めるが、もう一度ちゃんと見てみると、ヴィムの顔は私の一番恥ずかしい場所の真下に置かれているではないか。そのことが分かった瞬間、沸騰するように顔が一気に熱くなる。

「い、いやっ！」

動こうとするが、太腿を押さえられ逃げられない。

「アリーセ、暴れない。これからここを解すってさっき話しただろ？　お前がうつ伏せがいいって言ったからこんな体勢になったんだ。俺が舐めやすいように腰を落として」

「は……？　舐めるって……。そんなはしたないこと、できない……」

一瞬自分の耳を疑ったけど、彼はたしかに舐めると言った。

「しっかりここを解しておかないと、繋がるときアリーセが痛い思いをすることになる。俺としては大切なアリーセになるべく痛い思いはさせたくない」

「私も痛いのはいや……。でも……」

彼の言っていることは間違ってないのだろう。けれど、あまりにも衝撃的で私はかなり動揺していた。

「これからすることはアリーセが気持ちよくなれることでもある。痛いことも、酷いこともしないと約束する。それにお前は快楽に弱いだろう。きっとすぐに気持ちよくなれるよ」

「ほ、本当に……？　これは必要なこと、なのよね……」

「ああ、そうだ。分かってくれたのならば腰を落として。それとも、このまま俺に恥ずかしいところをいつまでも見せびらかせているつもりか？」

ヴィムは意地悪な声で呟くと、中心を指で開き中を覗きはじめた。

「入り口、ヒクヒクしているな。興奮して悦んでいるみたいだ」

「ち、違うっ！　そんなところ、勝手に見ないで……お願いっ！　わ、分かったから……」

私は耐えられなくなり、ゆっくりと腰を下ろしていく。

「少しいじめすぎたか。すまない……。だけど、素直に従ってくれてありがとう。ご褒美におかしくなるくらい気持ちよくさせてやるから、アリーセは素直に快楽に溺れていて」

「……本当に、ヴィムって意地悪すぎるわ」

私は誰に言うともなく呟く。その声は彼にも届いていたようで、かすかな笑い声が聞こえたような気がした。

それから間もなくして、蜜口に指よりも柔らかいものが触れ、なぞるように蠢《うごめ》き出した。

「もうこんなに溢れさせていたのか。俺の愛撫、そんなに気持ちよかった？」

「……ぁあっ、やぁっ、ま、まって！」

彼は止めることなく舌先で刺激を与え続ける。体中至る場所を愛撫されてきたけど、この感覚は初めてのもので私は困惑していた。

（これだめ……、力が入らなくなるっ……）

蕩けそうなほどの甘い感覚に力が自然と抜けて、自分のものとは思えない甘ったるい嬌声が勝手に漏れていく。

「ぁっ、……んぅっ、ヴィム……これ、だめっ……おかしいのっ……」

「おかしくない。アリーセが気持ちよくなれているのなら、それでいい」

「……はぁっ、気持ち、いい……けどっ……ぁっ、ぁあっ……」

「中を擦られるのも気持ちいいか？」

入り口を蠢《うごめ》いていた彼の舌先がゆっくりと私の中に侵入してくる。その感覚にぞわりと体が粟立ち、じっとしていることができず体が勝手に揺れる。

「溶けて、しまいそう……はぁっ……」

「敏感な体だとは思っていたけど、ここまでアリーセが快楽に弱いとは思わなかった。俺としては好都合だが……」

「どういう、意味ですか？」

「俺から離れられない体にできる」

彼は意地悪そうに言う。煽るような態度をされて悔しいはずなのに私はどこか興奮もしていた。

「喋る余裕があるのなら、ここへの刺激も試してみないか？」

膣壁をなぞっていた彼の舌先が離れていく。今度はなにをされるのだろうと警戒していると、突然弾けるような強い刺激が襲ってきて、腰が高く跳ね上がる。

「ひぁあああっ！」

「すごい反応だな。ここもいいのか。小さく膨らんで可愛らしい……」

「ぁっ、ぁあっ！　それ嫌っ！　怖い……」

まるで電流が流れたかのような痺《しび》れる刺激に私は少し恐怖を感じていた。しかし、彼は私の言葉など聞かず、蕾をとらえると今度は軽く吸い上げるように舐めはじめる。じんじんと体の奥が火照り、勝手に腰が揺れた。

「強くはしないから、少しだけ耐えて」

「ぁっ、ぁああっ、だめ……それっ、へんになる、からっ……」

飴玉を舐めるかのように蕾を舌先で転がされて、じんじんとした痺《しび》れがさらに大きくなっていく。ヴィムは強くしないと言っているが、私にとっては十分すぎるほどの刺激で、先ほどから痙攣が止まらない。唇からはだらしなく唾液が溢れているけど、そんなことを気にする余裕なんて今の私にはなかった。

「本当にここが弱いのだな。アリーセが今どんな顔をしているのか、すごく見たくなる」

「はぁっ、ヴィム……これ、いつまで続けるの……？」

「とりあえず、一度果ててみようか。少し刺激を強くするけど、力まず素直に快楽を受け入れて」

私が言い返す前にヴィムは舌先を激しく揺らし、絶え間なく刺激を与えはじめる。

「ひぁっ、……っ、ぁあああっ！」

膨らんだ蕾をきつく吸われると、脳が焼き切れてしまいそうなほどの強い衝撃で頭の中が真っ白に染まる。目元からは生理的な涙が溢れ、悲鳴のような嬌声が響いた。私は首を何度も横に振り、ガクガクと体を震わせることしかできない。次の瞬間、息をするのを忘れるほどの刺激に襲われるのと同時に、体からすっと力が抜けていくのを感じた。

(なに……これ……)

全身が脱力していく感覚に戸惑うけれど、それがとても気持ちいいことにも気づいていた。

「うまく絶頂できたようだな」

いつの間にか彼の動きは止まり、私はぐったりとシーツに顔を押し付けていた。

(今のが、絶頂……？)

そんなことを考えていると耳元にふわりと熱が伝い、「大丈夫か？」とヴィムの心配そうな声が聞こえてくる。ゆっくりと顔を横に傾けると、碧色の瞳が私をじっと見つめていた。

「この体勢はそろそろ辛いだろう。仰向けにさせるから、お前はじっとしていて」

ヴィムに体を反転させられると再び視線が合い、目元に溜まった涙を優しく指で拭われた。彼の瞳が鮮明に見えると、急に恥ずかしくなり目を逸らしたくなる。

「このまま続きをするけど、構わないか？」

「今のをもう一度するの……？」

あれは私には刺激が強すぎて、連続でするのは躊躇《ためら》う。

「今のはしないよ。また中を解すだけ。お前は先ほどの余韻を味わいながら楽にしていたらいい」

「……っ、分かりました」

私は少しだけほっとして表情を緩ませた。すると、ヴィムは私の隣に寝転がり「足を少し開いてくれるか？」と聞いてきたので、素直に従う。

「やっとアリーセの顔が見られた」

ヴィムは柔らかく微笑み、私のことを見つめた。急に態度を変えられると余計にドキドキしてしまう。

「わ、私も……ヴィムの顔が見たかった……」

恥ずかしい気持ちもあったけど、彼の姿を見ていると自分の気持ちを無性に伝えたくなる。

「だったら、もっとお前の顔を俺に見せて……」

「……はいっ、ぁっ……、まって」

私が答えると、彼の掌が内腿に触れ中心に向かい上がっていく。抵抗する暇もなく秘裂に到着すると、その指先は迷うことなく蜜壺の中へ飲み込まれた。

「簡単に俺の指を飲み込んだな。アリーセの中、溶けそうなくらいすごく熱い」

「ぁっ、ぁあっ……、だ、だめっ！　今、動かさないでっ！」

「さっき果てたばかりだから、また簡単にいけそうだな」

ヴィムは私の瞳をじっと見つめながら、蜜壺に入れた指をゆっくりと内壁を擦るように掻き混ぜはじめた。彼の指が蠢《うごめ》くたびに、私の中からはぐちゅっといやらしい音が聞こえてくる。ただでさえ恥ずかしいのに、碧色の瞳に真っ直ぐ見つめられて視線を逸らすことすらできない。

先ほど果てたばかりだけど、再び体の奥からなにかが迫り上がってくるのを感じて、全身がぞくぞくする。

「はぁっ、……んっ、これ、溶けそうっ……」

体から力が抜けることで、溶けていくような錯覚すら感じる。私が甘い快楽に溺れていると、ヴィムはさらに指を増やし蜜壺の中でばらばらに動かしはじめた。

「二本目もちゃんと飲み込めて偉いな。ご褒美に気持ちよくさせてあげるから……」

「キスして……」

私は彼の言葉を遮るように、そんなお願いを口にしていた。熱に当てられているせいかどんどん強欲になっていく。ヴィムはそんな私のお願いにすぐに答えてくれた。

「本当にアリーセはキスが好きだね」

「んっ……すき……、はぁっ……」

唇が重なると、すぐに熱い舌先が伸びてきて搦《から》めとられる。彼の荒くなった息遣いが聞こえてきて、興奮しているのは自分だけではないと思うと嬉しくなった。

（この気持ちは、きっと私だけではないはず……）

何度もキスを深めて、ようやく唇が解放されたときには心も体もとろとろに蕩けきっていた。

「アリーセ、そろそろお前と繋がりたい」

静かに響いた彼の言葉に一度息を呑んだ。

「……っ、はい。私も……」

瞳を覗き込むと普段よりも深い碧色に見えて、頬もわずかだけど上気しているように感じる。それがとても艶やかで心を奪われた。

「なるべくゆっくり挿れるから、できる限り力は抜いていて。そのほうが痛みも少ないはずだ」

「分かりました……」

私は覚悟を決めて頷いた。

経験がないので、どれだけの痛みを伴うのかまったく想像がつかない。不安がないといえば嘘になるけど、ここを越えたらヴィムとの距離はさらに縮まるはずだ。

(きっと、大丈夫……)

自分の心を落ち着かせるように心の中で唱えるが、先ほどよりも明らかに鼓動の音は大きくなっている。何気なく彼の下半身に視線を向けると、そこには硬く勃起した熱杭がお腹のほうまで反り返っていた。

(うそ……。こんなに大きいものなの……!?)

あれがこれから私の中に入るのだと想像すると、急に怖くなってきた。

「怖気づいたか?」

「え……?　そんなことは……」

「アリーセが落ち着くまで挿れないから、安心していい」

ヴィムは優しい声をかけながら、私の膝を持ち上げて抱え、大きく左右に割り開いた。またこんな格好にされてしまい恥ずかしかったけど、大人しくその様子を眺めていた。

「今度は暴れないんだな」

「……だって、これからヴィムと……」

「ああ、分かってる。その前にここに俺のを擦り付けて馴染ませていくから、アリーセは力を抜いて楽にしていて」

「……ぁっ、んっ……それ、きもち、いい……」

ヴィムの熱くなった先端が私の中心に触れ、ゆっくりと往復するように滑っていく。お互いが擦れ合うたびに快感が生まれ、甘ったるい声が漏れてしまう。

「それはよかった。俺もこうしているとすごく気持ちがいい」

「だったら、いっぱいして……」

「いいよ。アリーセが望むだけしてあげる」

「はぁっ、うれしっ、……ぁっ、ん……」

私は無意識に腰を揺らし、気持ちいい場所に当たるように自ら動いていた。ヴィムはそのことには気づいている様子だったけど、なにも言わず続けている。

（ヴィムも気持ちよさそうだし、嬉しい……）

これはお互いが気持ちよくなれる行為だと知り胸が高鳴った。一人よりも一緒に気持ちよくなりたい。私が甘い快楽に溺れていると突然ヴィムの動きが止まった。

「アリーセ、そろそろいいか？」

今の彼はどこから見ても欲情した姿だ。濃く染まった碧色の瞳は普段よりも鋭く見えるし、荒立った息遣いからはもう我慢できないと言われているような気分だ。全身で私を求めてくれることが嬉しくてたまらない。

「ヴィムで満たして……」

興奮を抑えられなくなり思わずそんな言葉を漏らしてしまう。

「こんなときに煽るなよ」

「だって、早くヴィムと……繋がりたくて……」

困ったように笑われて、大胆なことを言ったのだと知り、急に恥ずかしくなった。

「アリーセに求めてもらえて嬉しいよ。なるべく痛くないようにするから……」

「……はい」

それから間もなくして熱杭が蜜口に押し当てられる。その感覚にドキドキしていると、入り口を大きく開かれ、指とは比べ物にならないものが入り込んできた。明らかに容量が合っていないものを無理やり押し込もうとしているわけで痛くないはずがない。

（……っ!?　い、痛い……、こんなに痛いものなの……!?）

それは想像以上の痛みで頭の中は激しく混乱している。思わず「痛い」と漏らしてしまいそうになったが、もし口に出してしまえばヴィムはここで止めてしまうかもしれない。

(だめ……、それだけは絶対に嫌……。耐えるのよ……!)

心の中で強い意思を奮い立たせ、必死に自分に言い聞かせた。そうでもしないと簡単に口に出してしまいそうだったから。それでも辛いのでシーツをぎゅっと握りしめて耐え続ける。

「アリーセ、痛いよな。ごめん」

「だい……じょうぶっ……っ……」

心配そうな声が頭上から聞こえたので、安心させようと笑顔で答えたつもりだが、うまくできている気がまったくしない。

「力、もう少し抜けるか?」

痛みが強すぎて力の抜き方なんて分からなくなっていた。私が顔を横に振ると、ヴィムは動くのを止めて体を重ねるように倒してくる。気づけば目の前にヴィムの顔があった。

「私なら大丈夫だからっ……」

「そういうところは我慢しなくていい」

私が慌てて答えるとヴィムは困ったように苦笑し、目元にそっと口づけして涙を舐めとった。

「本当に大丈夫だから、お願い……やめないで。私、ヴィムと繋がりたいのっ! 痛いのなら我慢するからっ」

私は懇願するように必死に頼んでいた。せっかくヴィムとの距離がさらに近づくと思ったのに、私のせいで台無しにしたくない。

「アリーセ、落ち着け。やめないから……」

「本当……に？」

「ああ、本当だ。痛みから意識を逸らせるように今からキスをするから、そっちに集中できるか？」

「はいっ！　やってみます」

彼の言葉を聞いて安堵すると、私は笑顔で答えていた。

「アリーセ、口を開けて。いつものように舌を出して」

「……んぅっ、はぁっ……」

私が口を薄く開いて舌先を伸ばすと、すぐに唇を塞がれ舌を搦《から》めとられる。

「いい子だ。その調子でキスに意識を向けておいて」

「んんっ、は、いっ……ん、はぁっ……」

熱くなった舌先が絡み合うたびに口内の温度が上昇していく。なるべく舌先の動きに意識を向けていると、再び下半身の痛みが強くなる。けれど、私はそれに構うことなく必死にキスを続けた。意識をうまくそちらに向かせることができて、先ほどよりも痛みが薄くなった気がする。それに、これならば私の歪んだ表情を彼に見せずに済むはずだ。

「……んっ、……っ！」

それでも完全に痛みが消えたわけではない。ゆっくりと私の中に彼の熱杭が侵入してくるのが分かる。苦しいはずなのに、それがたまらなく幸せだと感じてしまう。

（ヴィム……好き……）

その気持ちを強く持っていると痛みも耐えることができた。これは苦しい行為ではなくて、幸せになれるものだと信じているから。

「……ぁっ」

口内で絡み合っていたヴィムの舌先がゆっくりと離れていく。名残惜しくて声を漏らしてしまう。

「アリーセ、よく頑張ったな」

ヴィムは優しい声で呟くと、私の額にそっと口づけた。そしてご褒美のつもりなのか、ちゅっと音を立てて唇を吸い上げた。

（私……、ついにヴィムと繋がったんだ……）

意識をお腹のほうに向けると異物の存在があり、それは今も圧迫し続けて時折びくびくと中で蠢《うごめ》いている。そう思った瞬間、高揚感に包まれた。感情が高ぶって言葉はすぐには出てこなかった。けれど、嬉しさは込み上げてきて、視界がじわじわと曇りはじめる。こうなったら、自分の意思で止めるなんてできない。

「アリーセ、たくさん泣かせてしまってすまない……。痛かったよな……」

ヴィムは申し訳なさそうに呟くと、涙を指で何度も拭ってくれた。今の私は声が出せる状況ではなかったので、必死に首を横に振って大丈夫であることを訴えた。けれど、私の目元からは今も涙が止まることなく溢れている。

（違う、違うのっ！　なんでこんなに涙が止まらないのっ……）

これは痛くて泣いているのではなく、ようやく一つになれたことに感動しているだけだ。しかし、その気持ちはおそらくヴィムには伝わってない。

「……っ……」

自分の気持ちが伝わらないことに焦っていると、ふわりとヴィムの髪が私の頬に触れる。気づいたときには抱きしめられていた。

「まずは落ち着け。お前の声が戻るまで待っているから、焦らなくていい。そうだな、アリーセが安心できるように髪を撫でていてやろうか」

彼は優しく呟くと、私の髪を柔らかく撫でた。どうやら、私は勝手に自分の気持ちを分かってもらえていないと勘違いしていたようだ。髪を撫でられると、気持ちよさと安心感で昂《たかぶ》った感情が徐々に冷めていく。

(なにも言っていないのに、全部気づいてくれる。私はこれからもずっとヴィムの傍にいたい……)

私も彼のような存在になりたい。

私の心が静まるまで、そう時間はかからなかった。

「ヴィム、ありがとう……。もう大丈夫です」

彼の肩を軽く叩くと、抱きしめる力を緩めて離れていく。

「髪を撫でる効果は絶大だな」

「本当に……！」

大したことは言っていないのに、なぜかおかしくて二人で笑ってしまった。

「あの、このあとは……」

「この先はお互い気持ちよくなるだけだ」

「一緒に？」

「ああ、そうだ。一緒に」

その言葉を聞くと、嬉しさが込み上げてきて自然と笑顔になる。私はこの特別な状況を彼と二人で共有したいのだろう。気持ちも、感覚もすべて。

「やけに嬉しそうだが……。ああ、アリーセは気持ちいいことが大好きだったな」

「はい、ヴィムに気持ちよくされるのは好きです。でも、二人で一緒に気持ちよくなれるのはもっと、好きかも……」

もじもじしながら答えると、中に埋まっているものが質量を増し蠢《うごめ》いた。

「悪い、お前が可愛いことを言うから反応した。アリーセって大胆なことを平然と言うよな。普段は恥ずかしがりなくせに……。だけど、お前に驚かされるのは嫌いじゃない」

さりげなく恥ずかしいことを口にするのはヴィムのほうがうまいはずだ。私が興奮していることも、繋がっているから簡単に気づかれてしまうのかもしれない。

「これからゆっくりと動くけど、痛かったら我慢しないで言ってほしい。アリーセだけが辛かったら、それは一緒に気持ちよくなっていることにはならないからな」

私が小さく頷くと、ヴィムは私の唇にちゅっと音を立てて口づけ、上半身を起こした。そして私の足を左右に大きく開かせる。ドキドキしながらヴィムの瞳をじっと見つめていると、彼も同じように私を見つめた。わずかに彼の口元が揺れたあと、ゆっくりと腰を引き抜きはじめる。

「……ぁっ……」

埋まっていたものが膣壁に擦れて甘い痺《しび》れを生み、体中がぞくぞくとした快感に包まれる。初めて知る感覚に思わず声を漏らしてしまう。

「早速、可愛い声が漏れたな。媚びるように俺のに絡みついてきてたまらない」

「はぁっ、……っん、なに、これっ……」

指とは比べものにならないほどの質量が私の中で蠢《うごめ》いている。擦れるたびに中をきゅうっときつく締め付けてしまう。お腹の中は苦しいけど、押し寄せてくる甘い快楽に胸が高鳴る。

「そんなに締め付けて……、やっぱりアリーセは奥が好きなのか」

「ぁあっ、よく分からないけど、気持ち、いいっ……ぁあっ……」

ヴィムは体を馴染ませるように、ゆっくりと抜き差しを繰り返す。引き抜かれたものが再び奥まで入ってくると、腰が勝手に浮いてしまう。痛みは完全に消えたわけではなかったけど、この甘い快楽に打ち消されるように薄れて感じるのだろう。

「だろうな、今のお前の顔を見ていれば分かるよ」

「はぁっ、ぁあっ、ん……ヴィムもっ、気持ち、いい？」

「この顔を見て分からないか？　お前の熱に溶かされそうなくらい気持ちいいよ」

「よかっ……、ひぁああっ……!!」

ヴィムの返事を聞いて嬉しそうに答えようとした瞬間、腰の動きが速まり奥を激しく貫かれた。

頭の中が真っ白に染まり、悲鳴のような声が室内に響く。

「喋る余裕があるのなら、痛みはもうないのだろう？　だったら、もう遠慮はなしだ」

「ぁああっ、や、まって……い、いきなりっ……ぁあ、……っっ!!」

私はあっという間に達してしまった。けれどヴィムは止めることもせず奥深くを何度も貫く。一気に全身の熱が沸騰し、頭が真っ白に染まり息をするのも忘れてしまいそうになる。

「やぁっ、だ、だめっ、おかしく……なるっ、からっ……」

「嫌々言っている割に、俺のをぎゅうぎゅう締め付けて悦んでいるようにしか見えないぞ。本当はアリーセだってこうされて嬉しいんだろう？　もう我慢する必要なんてないから、何度でも好きなだけイっていいぞ」

「ぁああっ!!　……っ、ぁっ、だ、だめっ……、また……っっっ!!」

一度絶頂を迎えると、敏感なところを少し刺激されるだけで簡単にまた達してしまう。私の口元からはひっきりなしに嬌声が漏れ、顔は汗と涙でぐちゃぐちゃになっていた。

「はぁっ、私ばっかり、んっ、きもち、いいのは……いやっ、ヴィムもっ、いっしょにっ……」

「俺のことを心配してくれるのか？　アリーセは優しいな。だけど、お前が中を締め付けるたびに俺の余裕を簡単に奪っていくんだ。さっきよりも大きくなっているのが分かるだろう？　アリーセの中がよすぎてどうにかなりそうだ」

彼に視線を向けると、苦しそうに表情を歪めていた。けれど、口端を上げて笑っている姿は満足そうにも見える。

「アリーセ、指を絡めて」

「……はい」

ヴィムは体を倒すと両指を絡めるように手を繋いだ。体もぴったりと重なり合っていて、すべてが繋がっている感覚に私は感動する。

(すごいわ……、本当に一つになった気分……)

「次は唇……」

「……ん」

彼はちゅっと音を鳴らして口づけると、食《は》むように私の唇を奪っていく。

キスしながら、深くまで繋がっている腰を揺さぶるように動かしはじめる。再び蜜壷の奥を責められ、甘い快楽に包まれていく。先ほどの余韻が残っているそこを再び責められれば、また達してしまいそうになる。

(このまま、キスしながらヴィムと一緒に気持ちよくなりたいっ……)

私は腰をびくびくと揺らしながら、唇を開き誘うように舌先を伸ばした。

「アリーセは俺を誘うのがずいぶんうまくなったな」

「はぁっ、だって、ヴィムとのキス……すき、だからっ……はぁっ、ん」

ヴィムは私の誘いを素直に受け入れ、舌を激しく絡ませてきた。キスも加わったことで口内の温度は上昇し、頭の奥が熱に浮かされてぼうっとしてくる。その間も下からの突き上げは徐々に激しくなり、頭の中が真っ白に染まる。

「ぁああっ、……んっ、ぁ……っ、また、くるっ……」

「俺もだ。今度は一緒に……な」

ヴィムは息を切らしながら答えると、抉《えぐ》るように中を激しく突き上げた。つないだ手をぎゅっと握られ、ヴィムも絶頂が近いのだと知る。

(ヴィム、好き……。絶対に、離れないっ……!)

彼の思いに答えるように、私は心の中でそう答えた。

「……ぁあああっ!!」

深い絶頂を迎え、私は悲鳴のような声を室内に響かせた。それとほぼ同時に私の奥に熱いものが勢いよく注がれる。温かくて、なんだかとても気持ちよいそれを感じながら私は意識を手放した。

第四章　好奇心と執着心

隣国へ向かう日がいよいよやってきた。旅の準備はすべてヴィムがしてくれることになっていたので、私はそれまでの間、仕事に集中することができた。

現在、私たちは王都の先にある港に馬車で来ている。外は晴天で心地よい風が吹いていて、潮風の匂いが鼻をかすめる。

目の前には大きな海が広がっていて、空と海の境界である水平線が続いていた。海を見るのは初めてではないけど、こんなに間近で見たことはなかったので興奮してしまう。もちろん、船に乗るのは初めてだ。

「ヴィム見て！　すごいわ、海があんなに広がってる！　日の光が反射してキラキラしてて綺麗」

私は興奮しながら海のほうに指を伸ばした。

「はしゃいでいるアリーセを見るのはなかなかいいものだ。これから数日間は海の上の生活になるから好きなだけ海を見られるぞ」

「すごく楽しみです！　行く前からこんなに楽しいだなんて思いませんでしたっ！」

私は声を弾ませて笑顔で答えた。

「いいことだ。俺もアリーセを見ていると、それだけで楽しい気持ちになれるよ」

はしゃぎすぎて子供みたいだと思われるかもしれないが、この気持ちを抑えることなんてできない。だって、私はこれからこの国を出て初めて別の国に行くのだから。私の中では大事件なのだ。もしヴィムと婚約していなければ、叶わないことだったのかもしれない。

（本当にヴィムは私の知らないことをたくさん教えてくれる……）

彼が誘ってくれたことがきっかけで私は事務官になることを決意した。私の運命を大きく変えたのは間違いなくヴィムであり、彼に出会えたことを本当に感謝している。

「そろそろ行こうか」

「はいっ！」

私が無意識に彼の手を握ろうとすると、ヴィムのほうから手を繋いでくれた。

二人で港を進むと船着き場が近づいてくる。多くの人々で賑わう風景が広がっていた。

楽しそうに会話をしている旅人や、別れを惜しむ者たち、他国から送られてきた荷物を下ろして忙しなく動いている者たちなど、そこには様々な表情があった。周囲には露店も多く出ていて、ここは王都よりも自由で賑やかな場所のように見える。

停泊している船も色や形、大きさなど様々だ。これだけ多く船が泊まっているということは、それだけ多くの者たちがこの国に出入りをしているということなのだろう。

これから私たちが向かおうとしているバルティスは、昔から同盟を結んでいる友好国だ。いい機会なので私もバルティスを視察して、いろいろと学ぼうと思っている。

私たちが乗船するのは、目の前にある一際目立っている大型船だ。白を基調にした船体で、停泊している船の中で最も豪華さを感じさせるものだった。しかも、ヴィムの話では関係者のみが乗る貸し切り船ということで、さすが王族と感心してしまう。

船内に入ると、案内人が客室まで連れていってくれた。船の中とは思えないほど豪華なつくりになっていて、私は一人で驚いていた。広々とした室内には、ゆったりと寛げそうなソファーとテーブルが置かれていて、奥にはキングサイズのベッドが見える。大きな窓からは海を一望することも可能だ。室内には浴場や化粧室なども完備されているという。

「私の部屋はどんな感じなんだろう」

「俺たちは同室だぞ。隣国にいる間は常に一緒にいる。不満か？」

「えっ、そうなんですか？」

まさか船の中でもずっと一緒にいられるとは思ってもみなかった。初めての土地で一人になるのは少し心細かったので正直嬉しい。

（一緒の部屋ってことは、毎晩同じベッドで……）

大好きなヴィムとずっと一緒にいられることは嬉しいけど、私の心臓は果たして持つのだろうか。

そんなことを考えていると私の顔はいつの間にか火照りはじめていた。

「アリーセは、どんないやらしい想像をしていたんだ？」

「ち、違うわっ、……違わないけど。私はただ……」

恥ずかしくてもじもじしていると、ヴィムはじっと私を見つめてくる。

「毎晩同じベッドで寝るのかなって……思っただけよ」

「まあ、ベッドは一つしかないのだから、そうなるだろうな」

ヴィムは当然のように呟くと、突然私の体を横抱きにした。

「ひぁっ⁉　……いきなり、なにをするの⁉」

私は驚いて変な声を上げたが、大人しくヴィムの首に手を回して掴まった。

「驚かせたのなら悪い。ベッドのほうばかり見ていたから、寝心地を確認したいのかと思って」

「それもあるけど、あれはそういう意味じゃ……」

私は困惑した。単にいかがわしいことを考えていただけだ。

（もうやだ、恥ずかしいっ……）

こんなことなら言わなければよかったと後悔していると、ベッドの前に辿り着く。

「着いたぞ」

「あ、ありがとう……」

ヴィムはゆっくりと私の体をベッドの上に下ろした。

「寝心地はどうだ？」

「ヴィムの部屋のベッドと同じくらい、ふかふかで気持ちいいわ」

「気に入ったのならよかった」

私がベッドに寝転んでいると、彼も上がってきたので横になるのかと思っていたら、突然組み敷くように覆いかぶさってきた。頭の横に置いてある私の手首を掴むと「掴まえた」と囁き、息がかかる距離まで迫ってくる。

「な、なにをするの？　まだ、昼間なのに……」

「アリーセはどうしてほしい？」

「どうしてって……、じゃあ、キスして？」

真っ直ぐに向けられた碧い瞳は私の心の中を見透かしているような気がして、思い切って口に出してみることにした。言葉にすれば叶えてくれると、どこかで期待していたのもある。

「そこは素直に答えるんだな」

「ひ、酷いっ！　からかったのねっ！」

ヴィムがおかしそうに笑っている姿を見て、一気に羞恥で顔が熱くなる。

「さすがに昼間からはどうかと思ったけど、アリーセがその気なら乗ってみるのも悪くないか」

「……ち、違っ……んっ、はぁっ……」

彼は目を細めながら顔を近づけると、躊躇《ちゅうちょ》することなく私の唇を塞いだ。

「……ん、んんっ……」

触れるだけのじれったいキスをして、唇が離れていくのが寂しくて薄っすらと目を開ける。するとこちらをじっと見つめている碧色の瞳に囚われて、ドキドキしてしまう。

「唇が離れると寂しがるみたいに手をぎゅって握ってくる癖、すごく可愛い」

彼に言われるまで自分でも気づかなかったが、どうやら無意識でそうしていたらしい。ヴィムは今度は額同士をくっつけて、至近距離で話しかけてくる。目を瞑《つぶ》れば逃げられるかもしれないけど、意地悪なヴィムのことだからきっと私の弱い耳を責めてくるに違いない。

「今日はいつものように目を閉じないのか？」

「だって、そうしたらヴィムは私のことをいじめますよね？　耳とか……」

ヴィムはふっと鼻で笑った。

「俺の性格が分かってきたか」

「意地悪っ……」

「否定はしない。それにいじめるのはアリーセだけだ」

ヴィムは「愛情表現だ」と付け足すと、私の額にそっと口づけ、あっさりと手を解放した。

「少しそこで待っていて。アリーセのために用意しておいたものがあるんだ」

ヴィムはそう言ってベッドから離れると、奥にある棚のほうに移動していく。

（私のために……？　なにかしら）

彼は目的のものを持ってこちらに戻ってきた。手にしていたのは長方形の黒い箱で、私はその中身に興味を持ちじっと箱を見つめる。

（宝石箱……？　それにしては大きいような気がするわ）

「これに興味津々と言った感じだな？」

「それはなんですか？」

「俺の婚約者であることを、より深く自覚してもらうためのもの……、とでも言っておくよ」

その言葉を聞いてますます分からなくなり、私は首を傾げた。

「気になるなら開けてみればいい」

彼がその箱を私の隣に置いたので、上半身を起こしてドキドキしながら手を伸ばした。その間にヴィムは隣に腰掛け、私をじっと見つめている。箱は革製のもので、これだけで高価なものだと分かる。鼓動が速まる中、私はゆっくりと箱を開けた。

「……これは、なんですか?」

私の第一声はそれだった。正直一目見ただけではなにか判断がつかない。中には黒い棒のようなものが入っていて、いびつな形をしていた。

眺めているだけでは分からなかったので「触ってもよろしいですか?」と尋ねた。すると、ヴィムはにっこりと微笑んで「いいよ」と返してきたので、なにか嫌な予感がしたけどとりあえず手に取ってみることにした。

見た目は硬そうに感じたけど、実際に触れてみると表面はつるつるしていて少し柔らかい素材でできているようだ。

「こ、これって……」

それがなにであるのか気づいて固まってしまう。

「ようやく気づいたようだな。それは男根を模《かたど》った張り形だ。アリーセに使うのだから、当然形は俺のものだ」

あまりの衝撃で私は固まって動けずにいた。ヴィムは隣に腰掛けると、私の手からその黒い棒を抜き取った。

「早く俺の形を覚えさせて、本当に俺だけのものにしてしまいたい。一日中、ずっとアリーセと繋がったままでいたいけどなかなかそうはいかない。そこでこれだ」

「え……っと、あのっ、なにを言ってるのか意味が分からないのですが……」

我に返った私は慌てて彼に問い返した。

「分からないなら実際に試してみようか。とりあえず船にいる間、俺と繋がっていない間はこれをつけてもらう」

ヴィムは不敵に笑うと、私のスカートを捲り上げた。

「やっ、こ……こわい」

あまりにも突然のことすぎて、私の頭の中はパニック状態だ。

「そんなに怖がらなくてもいい。ただずっと気持ちがいいだけだ。痛くないように素材にはこだわったからな。大切なアリーセを傷つけるなんてことは絶対にしない」

「で、でもっ、こんなの……」

今の話を聞いて少しだけ安心したけど、それでも動揺が消えたわけではない。

「試しに一度つけてみないか？　それでどうしても無理だというのであればすぐに外すから」

「ほ、本当に……？」

不安に思ってそう聞くと、ヴィムは静かに「ああ」と答えた。彼は私が本気で嫌がることは絶対にしない。それに無理だったらすぐに外してくれるとも言っているし、きっと大丈夫だろう。

「……分かりました」

「受け入れてくれて嬉しいよ。準備をはじめるから、お前はそこに座ったままでいてくれ」

「はいっ……」

恥ずかしく思いながら返事をすると、彼は私の太腿に掌を這《は》わせていく。緊張しているせいか少し触れられただけで敏感に反応してしまう。スカートをたくし上げられて、下着を抜き取られる。

「アリーセ、足を開いて。まずは痛くないように中をしっかりと解すから」

本当は恥ずかしくて仕方がないはずなのに、好奇心に負けて興奮している自分がいる。その気持ちに抗えず、ベッドの中心に寝転がりゆっくりと足を開く。すると、ヴィムは私の足元に移動して覆い被さるように体を倒した。

「いい子だ。たくさん奥を愛してあげるから、アリーセはただ感じているだけでいいよ」

「んっ、っ……」

真っ昼間から足を大きく開かされ、その中心をヴィムに愛撫されている。愛されている蜜口はひくひくと収縮を繰り返し、中からはだらしないくらい蜜が溢れ出ていた。

「アリーセには必要ないかもしれないけど、今日はこれを使ってみようか」

ヴィムは愛撫を中断すると上半身を起こし、箱の中に入っている小瓶を手に取った。

「それはなんですか？」

「潤滑剤のようなものだ。媚薬が入っているから、さらに気持ちよくなれる」

「……ぁっ、ん……」

ヴィムは話しながら小瓶の蓋を開けて、中の液体を私の蜜口に流し込んだ。冷たいのかと思ったけど常温で刺激を感じることはない。液体はとろりとしていて零れる心配はなさそうだ。彼はある程度注ぐと、今度は自分の指を蜜壺に入れて、馴染ませるように掻き混ぜはじめた。私の愛液と混ざるとぐちゅぐちゅと淫靡《いんび》な音が聞こえてきて、羞恥でシーツをぎゅっと握りしめた。

「そんなに、音を立てないでっ……」

「無理なお願いだ」

彼は即答すると、丹念すぎるほど中を指で擦った。次第に奥がじんじんと疼《うず》きはじめたが、即効性のある媚薬なのか、中を執拗に刺激されているせいなのか分からなかった。

「もう効きはじめたのか？」

「わ、からなっ……」

私の吐息は次第に熱を持ちはじめ、これが媚薬の効果なのだと気づいた。

（うそ……、奥が疼《うず》いて腰が勝手に動いちゃうっ……）

ヴィムの指が中を擦るだけで、腰が勝手に浮いてしまう。

「やぁっ、ぁあっ……」

「そんなに自ら腰を揺らして。まさかここまですぐ効くとは思わなかった」

「体が熱いのっ……、はぁっ、ヴィムっ……たすけ、てっ……」

「ここまで即効性なのか。すごい効き目だな。俺の指をぎゅうぎゅう締め付けて可愛らしい。アリーセの好きな奥を弄ってあげるから、そこで四つん這《ば》いになって」

私が返事をする前に、ヴィムは私の体をゆっくりと俯《うつぶ》せにした。そして力が入らない私の代わりに、膝をつかせて四つん這《ば》いの体勢にする。

「ヴィム……」

涙でぼやけはじめた視界の中、私は振り返って彼の名前を呼んだ。

空気に触れるだけで体がぞくぞくと震えてしまう。もっと強い刺激がほしい。この疼《うず》きから早く解放してほしい。そういう気持ちを訴えるように、彼に視線を送った。

「早くこれがほしくなったか？」

彼は先ほどの黒い棒を手に取ると、熱く疼《うず》いている蜜口に押し当てた。

「ぁあっ、……もっと奥にっ。奥が熱いのっ、お願いっ……」

「そんなに腰を押し付けて、今のお前、相当いやらしい姿だな。だけど、こんなものに簡単に支配されるなんて気に入らない。一から躾《しつけ》直す必要がありそうだ」

ヴィムは不満そうな声を漏らすと、黒い棒を蜜口に入れず、秘裂に当たるように擦りはじめた。

焦らされるたびにお腹の奥の疼《うず》きは強くなり、入り口からは愛液が溢れて内腿を伝う。

「焦らさないでっ、はぁっ……」

シーツをぎゅっと握りしめ耐えていると、後ろからぐちゅっと一際大きな水音が響いた。それと同時に体の奥に強い衝撃が走る。

「ぁああっ……!!」

まるで全身に電気が走ったかのような衝撃を感じて、私は絶叫するように嬌声を響かせた。

一瞬目の前が真っ白に染まったが、ほしかった刺激を与えてもらい体は少し楽になる。体の奥は未だに燃えているかのように熱くて、溶けてしまいそうなくらい気持ちがいい。まさか、あんなものがこんなに気持ちいいなんて思わなかった。

（まるでヴィムに抱かれているときみたい……）

最初は少し怖いと思っていたけど、彼は自分の形を模《かたど》ったと言っていた。こんなに似た感覚ならば悪くないのかもと思いはじめていると、背後から荒々しい吐息と、パンッという肌を打ちつけるような音が聞こえてくる。

（なんの音……？）

気になって振り返ると、ヴィムが激しく腰を振っていた。張り形だと思っていたのは、実は彼自身だったようだ。

「驚いたか？　媚薬を使われるのは初めての経験だろう？　アリーセの初めてはすべて俺がもらうと決めているからな」

「ぁああっ、ヴィム……、奥、きもちいいっ……、はぁっ、もっと」

張り形ではなくヴィム本人だと知ると嬉しい気持ちが溢れてきて、もっと強欲に彼を求めてしまう。あの棒も気持ちいいのかもしれないけれど、ヴィム本人のほうがいいに決まっている。彼の体温に包まれながら、ぐちゃぐちゃにされたい。

「アリーセを欲情させているのが媚薬のせいだと思うと不満だが、いつかこんなものを使わなくても俺を求めるようにさせるから」

彼は嫉妬のような言葉を吐きながら、休むことなく最奥を何度も貫く。激しく体を揺さぶられ、今の私には後ろを振り返る余裕なんてない。けれど、その声は狂気を孕んでいるように聞こえて、背筋にぞくりと鳥肌が立った。

「アリーセ、逃げようとするな。余計にいじめたくなる」

「ぁああっ、奥ばっか……だめっ……」

腰を引いて逃げようとしても、すぐに引き戻されて奥を抉《えぐ》るように突かれる。

「逃げる気力があるのなら、遠慮はしない」

「え……？　ひっ、ぁあああっ‼」

ぎりぎりまで引き抜かれ、少し間を開けたあと一気に最奥まで貫かれる。私は体をガクガク震わせ、ただ悲鳴のような声を上げることしかできない。

「早く奥に注いでほしくて、そんなにぎゅうぎゅう締め付けているのか？　可愛いな」

「ぁあっ、ん……ち、が……っ！」

私が言い返そうとすると、突然背中が温かくなり彼がぴったりと重なったのだと分かった。そして、耳元に熱の篭った吐息を吹きかけられ、ぞくりと体が震える。

「耳を可愛がるのを忘れていた。アリーセはここも同時に責めないと満足しないんだよな？」

私が咄嗟に『違う』と言ったことで、彼の意地悪を誘発させてしまったようだ。

「……耳は、だ、め……ん」

敏感になっているせいか、ヴィムの吐息が耳にかかるだけで体は過敏に反応してしまう。

「だめじゃない」

彼は耳元に唇を押し当てて囁くと、耳朶《じだ》をねっとりと舌先で舐めた。ざらりとした舌の感覚に全身がぞわぞわし、さらに追い詰められていく。

先ほどよりも体が密着していて、完全に逃げ道を封じられている。私の肌は薄いピンク色に染まり、体はずっと震えたままになっていた。

「アリーセ、愛してる……」

「はぁっ、耳元で……いわ、ないでっ……」

「こうやって伝えたほうが、お前の頭の中にいつまでも残りそうだ」

「ぁあっ、それ……洗脳、みたい……」

「それでも構わない。アリーセが俺に堕ちてきてくれるのなら、な」

ヴィムはどこか満足そうに答えると、耳の中に舌先を差し込んだ。脳に直接響く水音と舌の感触に鳥肌が立ち、私は思わず中をきつく締め付けた。体も頭の中もヴィムに支配され、もうなにも考えられない。

「アリーセは本当に耳が弱いな。もう限界そうだから俺も本気で突くぞ」

「ぁ……ぁあっ!!」

彼は荒い吐息を混ぜながら、耳の愛撫を止めようとはしない。最奥を激しく何度も貫かれると私は簡単に絶頂を迎えた。本気でおかしくなってしまいそうな気がした。

頭の奥が真っ白に染まり、意識も遠ざかりはじめる。全身から力が抜け、それがやけに気持ちよく感じた。

「……本当にお前は可愛いな。このまま閉じ込めて、その瞳に映るものを俺だけにしてしまいたくなる。やっと手に入れたんだ、絶対に離さないから……」

意識が遠ざかる中、独占欲に満ちた言葉が耳に響いた。

(そこまで私のこと……。私も、ヴィムのことが大好き。絶対に離れない……)

彼の気持ちに答えたくて口に出そうとした言葉は、声になることなく意識とともに溶けていった。


数日の航海を経て隣国バルティスに到着した。

バルティスは私たちが暮らすザイフリート王国から南に下った場所にあり、気温も大分暖かい。いわゆる南国と呼ばれるところであり、各地から人が集まるリゾート地でもある。貿易が盛んな国としても有名で、ザイフリート王国よりも色々なものが手に入る。実際に自分の足で降り立った今、私の興奮は最高潮に達していた。

(私、本当にバルティスに来たのね……! 夢みたい……)

外は雲一つない晴天で、渡り鳥たちが優雅に空を舞っている。私は潮風を思いっきり吸い込んで、この異国の地に足を踏み入れた感覚を大いに楽しんでいた。

「南国にいるのに、このフードって必要なんですか?」

理由は分からないが、船を降りる前にヴィムから白いローブを被せられた。質感はさらりとしていてすごく軽い素材なので、熱を体内に留めることはなさそうだ。

「それを身につけていたほうが涼しいと思うぞ。ザイフリートに比べたら日差しが強いから、初めてのアリーセには少々きついかもしれない」

「……たしかに。私のために用意してくれてありがとうございます」

「礼なら不要だ。アリーセの綺麗な肌を誰にも見せたくないというのが一番の理由だからな」

素直に喜んでいたら、突然そんなことを言われて顔がカーッと熱くなる。そんな私の様子を眺めていたヴィムは口端を小さく上げて、「その可愛い表情も隠せるだろう」と追い打ちをかけるかのように囁いた。

（またからかって……！　本当に意地悪な人……。でも、そんなところも嫌いじゃない……けど）

船の中では、一日中いちゃいちゃしていた気がする。夜だけではなく日中から体を重ねることも多かったし、湯浴みはいつも一緒だった。眠るときはいつも抱き枕のように抱きしめられた状態だった。

（ヴィムの体温が心地よくて、毎日ぐっすり眠れたけど……）

視察前の確認などの仕事をする際には、ヴィムの足の間に座らされ、後ろから抱きしめられていた。しかもあの張り形を埋められた状態だったので、当然集中なんてできるはずもなく。

ヴィムは相当な意地悪だと思うけど、私のことを大切にしてくれる。私だけを思ってくれる。それが私にとっては十分すぎるほど幸せだった。

「さてと、視察を兼ねて観光を楽しもうか。初めてのアリーセとの旅行だからな。一応護衛はつけているけど、俺の傍から離れないように」

「分かりました」

不意に掌が温かくなり、視線を下に向けると指を絡めるようにして手を繋がれていた。

「はぐれないようにこうしておこうか。俺たちが恋人であるとアピールもできるから、アリーセが変な男に絡まれる心配はなくなるはずだ」

「……っ、ありが、とう……」

私は照れながら小さく答える。初めての土地を訪れて好奇心に溢れているが、少しだけ恐怖心も抱いていた。掌から伝わるヴィムの体温を感じ、その不安が徐々に薄れていく。

(今日はきっと楽しい一日になりそうね！)

貿易の国だけあってどこも賑やかな雰囲気に包まれていた。あちらこちらに露店があるし、どこからか賑やかな音楽が流れてきて、それだけで心が弾む。日差しは強いが、ヴィムが用意してくれたローブのおかげでそこまで暑さを感じることはなかった。

「アリーセはどこか見て回りたい場所はあるか？」

「えっと……、特には。多分どれを見ても楽しめそうなので、ヴィムにお任せします」

初めて見るものばかりだからなんでも輝いて見える。この地にはそんなものがたくさん溢れていて、選べと言われると逆に迷ってしまう。だから、彼にお願いすることにした。

「そうか。ならば俺についてきて。寄りたい場所があるんだ」

どうやらヴィムには行きたい場所があるようだ。

大通りから少し歩いて狭い裏道に入る。建物が陰になって日差しが遮られるせいか、薄暗い。人通りがほとんどなくドキドキしたけど、ずっとヴィムが私の手を引いてくれているからそこまで恐怖を感じることはなかった。

「どちらに行かれるのですか？」

「珍しい品を扱っている店だ。ここは貿易国であるから日々色々なものが持ち込まれる。前々からほしいものがあって、手に入ったら連絡をくれるようにと宝石商に頼んでおいたんだが、いいタイミングで連絡が入った。今からそれを受け取りにいく」

「どんなものなんですか？」

「直接アリーセの目で確かめてみたらいい。存在は知っていたが、実物を見るのは俺も初めてなんだ」

王子であるヴィムですら見たことがないというのだから相当珍しいものなのだろう。その話を聞いて好奇心で胸が高鳴る。

薄暗い裏道を抜けると、大通りほどではないが店が並ぶ通りに出た。少し歩いて奥のほうへ行くと、ヴィムの足がぴたりと止まる。

「到着だ」

珍しい宝石を扱っている店と聞いていたので、すごく立派な建物だろうと想像していたのだが、実際はこぢんまりとしていて古びた雑貨店といった佇まいだった。外観は木造で、年季を感じさせるような色合いでお世辞にも綺麗な店とは言えない。

私が戸惑っていると、ヴィムは納得したように笑った。

「ここはかなり昔からある老舗の宝石店だ。店主は少し特殊な人間でな。外観は目立たない佇まいだが、店主の腕は本物だ。宝石を扱う雑貨店といったところだな。とりあえず中に入ろう」

「……はい」

扉を開けるまでは信じられない気持ちが残っていたが、扉の先に広がる光景を見て、その気持ちは一瞬で消え去った。

天井からはクリスタルで作られたシャンデリア風の照明が垂れ下がっていて、青白い光を放っている。高級宝石店のようにガラスで作られたショーケースの中には、さまざまな宝石をあしらった宝飾品がいくつも並んでいた。色とりどりの宝石がキラキラと光り輝いていて、見ているだけで心が浮き立つ。

「す、すごい……！　こんな色の宝石、初めて見ました」

「中には普通の宝石店には並ばないような、希少な品も混ざっているからな」

私たちが宝石を眺めながら会話していると、店の奥から低い声が響いた。

「これはヴィム殿下、ご無沙汰しております。本日はこちらまでご足労いただきありがとうございます」

「デニス、久しいな。ちょうどこの国に来る予定があったところでの連絡だったから、こちらとしてもタイミングがよかった」

ヴィムと親しげに話しているのは、四十代半ばの男だった。黒いスーツを着こなし、どこか気品を感じる。おそらく、ここの店主なのだろう。

「こちらが、殿下の婚約者の……。ああ、なるほど。彼女にはぴったりの品ですね。今ご用意いたしますので、奥の部屋にどうぞお越しください」

店主は私の顔を見て納得したように呟いたが、その意味がよく分からなかった。

「頼む。アリーセ、行こうか」

「はいっ……」

私はヴィムと一緒に奥の部屋に通された。中央にはテーブルとソファーが置かれていて、ここは商談のために用意された応接間なのだろう。私たちは並んで腰かけ、店主が戻ってくるのを待っていた。

「さっきの男はここの店主のデニス・ファーバー。以前は名の知れた宝石商だったが、今は商業ギルドに流れてくる珍しい品を主に扱っている。珍しい品があると聞けば自ら現地に赴くこともあるらしく、この店はほとんど休みなんだ。彼にとって店は二の次なんだろうな」

「すごい方なんですね」

きっと、ここの店主は本当に宝石が好きなんだろう。ほとんどが店休日だというのに、店内はとても綺麗でしっかりと手入れされている。人を信用しないと言っているヴィムが信頼しているくらいだから、腕は間違いないはずだ。

そんな話をしていると扉が開いて、店主が入ってきた。黒い四角い箱を持っている。

「お待たせしてしまい、申し訳ありません。こちらが注文されていた品になります」

店主は私たちの対面に座り、テーブルに黒い箱を置いた。以前宝石箱だと思って開けたら、まったく別のものが入っていたことを思い出し、私は身構えた。

（さすがに怪しいものでは……ないわよね？）

私は不安に思ってヴィムの横顔を見つめた。

「どうした？」

「い、いえ、なんでもありません……」

慌てて誤魔化し、視線を再び箱に向ける。

「アリーセ、これはお前のために作らせたものだ。開けてみて」

つい最近の記憶が拭えず狼狽《うろた》えていると、ヴィムは小さく笑った。

「安心しろ。アリーセが思っているようなものではない。それにここは宝石店だ」

「……そう、ですよね。では、失礼します……」

私はドキドキしながら手を伸ばして箱を取った。蓋を開けると、中からは私の瞳と同じストロベリー色のキラキラとした宝石が嵌めこまれたペンダントが現れる。

「……っ！　この色……」

「アリーセの瞳の色と同じ宝石だ。これの存在は聞いたことがあったが、実際に目にするのは初めてだ。かなり珍しいもので、この辺では採れない鉱石なんだろう？」

「そうですね。これは北の奥地で偶然見つけられたものでして、私も今までいろいろなものを目にしてきましたが初めてお目にかかる品でした」

相当珍しいものであることは、二人の会話を聞いていて察しがつく。

「そんな希少なものを、私がいただいてしまってよろしいのでしょうか……」

「もちろんです。先ほど殿下も言われていたように、このようなタイミングでこの宝石が私のもとに現れたのも、なにかの巡り合わせなのでしょう。貴女のもとに届くための、ね。そうですよね、殿下」

「ああ……。これはもうアリーセのものだ。気に入ったのなら素直に受け取ればいい」

私はそわそわしながら二人のことを交互に見つめた。そして、箱をぎゅっと握りしめる。

「ありがとうございます……。私、一生大切にしますね！」

体中から嬉しさが滲み出るような気持ちで、笑顔で答えた。ヴィムも私の表情を見て満足そうな顔をしている。

（どうしよう、すごく嬉しい……。私の宝物がまた一つ増えたわ。ありがとう、ヴィム……）

「アリーセ、せっかくだからつけてみたらどうだ？」

「で、でもっ、こんな高価なもの今つけて大丈夫なんでしょうか……」

「身につけなければ、持っていても意味がないだろう」

ヴィムはそう言って箱を取り上げると、中からペンダントを取り出し私の首につけてくれた。

「鏡はこちらにございます。どうぞ、ご覧になってください」

「……すごく素敵」

鏡を覗き込み首元でキラキラと輝く宝石を見て、本当に自分の瞳の色とよく似ているのだと感じた。店主は巡り合わせと言っていたが、ヴィムと出会えたこともそういった運命の巡り合わせなのかもしれない。こんなに心を惹かれて大切に思ってくれる相手に出会えて私は本当に幸せ者だ。

「よく似合っている。大きさも普段身につけても問題ないサイズだ。アリーセ、よかったな」

「はいっ！」

その日の私は一日中にこにこしていた。彼の傍にいると、いつもこんなふうに嬉しそうな顔をしているのかもしれない。最近は悩みごともまったくないし、ぐっすり眠れるようになった。

傍にいるだけで安心できて、私を幸せな気持ちにしてくれる人。私はそんなヴィムの隣にこれから先もずっといたい。そして与えてもらうだけではなく、私からもなにか返せるようになりたい。そうなるまでは時間がかかるかもしれない。だけど、絶対に頑張ると心に決めた。


街を観光したあと、滞在する予定の宿泊施設へ移動した。

バルティスには観光目的で訪れる貴族も多く、貴族専用の豪華な宿泊施設がある。

今回、各国から来賓を招いていることもあり、一部の宿泊施設はバルティス側が確保してくれていた。私たちが泊まる場所もその一つだ。

室内に入り、一番目を引いたのは大きな窓だ。壁一面がガラス張りになっており、その向こうには深いコバルトブルーの海が広がっている。バルコニーがあるので、外に出て海風を感じることもできるようだ。部屋の中には必要な家具がすべて揃っているし、ドレスルームや浴室もある。

「わぁ……、すごいわ！　目の前に海が広がってる！」

私は部屋に入るなり、窓のほうへ誘われるように歩いていった。目の前にはどこまでも続く海が広がっていて、耳を澄ませば波の音まで聞こえてくる。しばらくの間、その光景を瞳に焼き付けていた。

（波の音がすごく心地いいわ。ずっと聞いていたくなる……）

「今日のお前は感動してばかりだな」

「だって、こんなの感動しないほうがおかしいですよ！」

ヴィムは私の隣に並ぶとそんなことを言ってきたので、私はすかさず言い返した。大袈裟《おおげさ》かもしれないけど、私にとってここは非日常の世界ともいえる場所だった。ここには私を縛るものはなに一つとしてないのだから。

「ヴィム、私は……逃げているように見えますか？」

気づけば私は彼にこんな質問を投げかけていた。

ずっと忘れようとしていたけど、心の中に引っかかっていた家族の問題。ヴィムは私に居場所と安らぎを与えてくれる。けれど、ずっと甘えたままでいるのはよくないし、なによりも私自身がこの問題を解決したいと思っている。本当の意味で解決して、ヴィムのもとに嫁ぎたい。そうしない限り、私は一生後悔する気がする。

「突然、どうした？」

「こんな唐突な質問をされても困りますよね。でも……、ヴィムには私のことを知っていてほしいから、聞いてくれますか？」

せっかくの楽しい雰囲気を壊したくはなかったけど、話すなら今しかない気がする。また彼の優しさに甘えてしまったら、言い出せなくなってしまう気がしたからだ。私の強がりがただの虚勢であることは自分自身がよく分かっている。だから、もう逃げたくない。以前彼が言っていたけど、私は本来の自分を取り戻したい。

「聞かせてくれ。俺もアリーセのことはなんだって知りたい」

「ヴィム……。ありがとうっ……」

彼の優しさに触れて涙が溢れそうになる。

「とりあえず、こっちにおいで。座って話そう」

ヴィムはそう言うと、私の手を引いて部屋の中央にあるソファーまで移動し、並んで腰かけた。

彼は私が安心できるようにと手を繋いだままでいてくれた。

「えっと、ヴィムは私の家のことをご存知なのですよね」

彼は以前私について調査をしたと話していた。ルシアノとニコルの関係まで知っていたくらいだから、大体の事情は把握しているのだろう。

「ああ。だけど、それはあくまで外から見えるものだ。アリーセが見ているものとは違っている可能性がある」

「たしかに……。私の家族っていろいろと問題が多いけど、ニコルも含めて私にとっては大切な人であることには違いないんです」

「裏切られたのに、お前は妹を許せるのか？」

「……怒ってないと言えば嘘になるけど、多分許せると思います。それ以上に、私はニコルの存在に救われたから」

初めてニコルが邸《やしき》にやってきたときは、絶対にうまくやっていけないと思い不安に感じたものだ。

彼女は孤児だったので貴族の作法なんて当然なにも知らない。私の部屋に勝手に入ってくるし、遠ざけようとしても近づいてくるしで、毎日翻弄されていた。

私は人見知りするタイプなので、最初は彼女に嫌な態度をとってしまうことも多々あった。けれど、どんなときでもニコルはにこにこして私に話しかけてくるのだ。そんな態度に折れて、私はニコルの傍にいるようになった。

それから生活は一変した。彼女の持ち前の明るさに引っ張られるように私も明るくなり、自然と笑うことが多くなった。双子の妹が亡くなってから母は精神的に不安定になり、あの家は居心地の悪い場所に変わった。それをもとの姿に戻してくれたのは間違いなく彼女だ。

(ルシとのことがなければ、きっと私たちは今でもいい姉妹でいられたのかも……)

私は妹に対する思いをヴィムに伝えた。もし、あのとき、ニコルが邸《やしき》に来ていなかったら、態度の悪い私に嫌気がさしてしまっていたら、きっと私は今もあの暗い邸《やしき》で孤独だった。

ヴィムに出会えたのもニコルのおかげだと思っている部分がある。再び姉になることができて、しっかりした姿を彼女に見せたかった。そのために勉学に勤《いそ》しんで、王立学園に通えることになったのだから。

「宝石店で巡り合わせの話をしたけど、ニコルとの出会いもそうだと思っています。だから、このままうやむやにしたくない……」

今の私に迷いは一つもなかった。決意に満ちた気持ちでヴィムを見つめると、彼の表情がわずかに緩む。

「頼もしいな。お前はやっぱり弱くなんてない。強い人間だと思うよ。それだけ、強い信念をもって前に進もうとしているのだから……」

「そんなことっ……、ヴィムは、買いかぶりすぎです」

急にそんなことを言われ恥ずかしくなってしまう。

「本当だ。弱い人間はそんなふうには考えない。それに、どうやら俺は、お前に対して少し思い違いをしていたようだ」

ヴィムは小さく笑うと、私の頬に掌をそっと添えた。触れられた頬がわずかに熱を持つ。

(急になに……？)

「アリーセに惹かれるようになってから、お前を閉じ込めて俺だけのものにしようと考えていた。独占したかったんだよ、お前のこと」

「言葉が大げさすぎます」

彼はまたからかっているだけなのかもしれない。けれど、急に独占したいと言われて頬が勝手に火照る。

「大げさじゃない、俺の本心だ。また、そうやってすぐに反応して。その表情は俺だけが知っていればいい。他の人間には見せたくない、ずっとそう思っていたんだ。それくらいアリーセのことが好きで仕方がないって話だ」

「……それは、私だって」

突然、そんな告白をされて嬉しかったけど恥ずかしくて、消え入りそうな声で答えた。

「だけど、今日のお前を見ててはっきりと分かった。閉じ込めたらこんなふうに楽しそうな姿は見られなくなる。俺が好きになったのは、ころころと表情を変えて素直に反応するアリーセだ。嬉しいものは嬉しいって全身で表現するアリーセだから惹かれたんだ」

「あの、少し付け加えてもよろしいですか？」

「なんだ？」

「嬉しいのも楽しいのも傍にヴィムがいてくれるからです。私はヴィムと一緒に過ごす時間がすごく好き。閉じ込めてくれても構いません。……だけど、離れるのは絶対にいや。わ、私だってそれくらいヴィムのことが好きなんだからっ……！」

私は羞恥を必死に耐えながら、自分の思いを伝えた。

ヴィムが独占欲を露わにする場面は今まで何度かあったけど、嫌だなんて感じたことは一度もない。それどころか一途に思ってくれる、その気持ちがすごく嬉しかった。彼に閉じ込められたとしても傍にいてくれるのであれば構わない。離れることがなによりも耐えがたいことだから。

私は掌をぎゅっと握りしめ、彼のことをじっと見つめた。

「今日のお前を見て、俺はもっとアリーセのことが好きになったよ。決意をしたときのアリーセの顔、すごく綺麗だった。妹とのことは本当にいいのか？　また傷つくかもしれないぞ」

「今の私なら大丈夫です。ヴィムは味方になってくれますよね？　もし……、失敗したら慰めてくれますか？」

「ああ、任せておけ」

「だったら大丈夫。私、頑張ってみます！」

ヴィムの言葉を聞いたら、不安な気持ちが消え去っていく。

「この件が解決できたら、心置きなくヴィムのもとに行けそうです」

「それは結婚のことを言っているのか？」

「はい……」

結婚と言われて急に恥ずかしくなってしまう。

「それじゃあ、戻ったら早速結婚の準備をはじめるか。早いほうがいいからな」

「急ぎすぎじゃないですか？」

「俺は一日も早くアリーセと目に見える形で繋がりたい。婚姻という鎖で繋いでしまえば、アリーセは俺から完全に逃げられなくなるからな」

「……そういうこと、さらっと言わないでください」

悔しいけど、彼は本当に私をドキドキさせるのがうますぎる。

「これは俺の本心だ。アリーセの顔を見ていると言いたくなるのだから仕方ないだろう。それから、これからも言いたいことは我慢しないで俺に吐き出して。お前の悩みは俺の悩みでもあるのだから」

「……はいっ」

今の私は一人ではない。こんなに頼れる存在が傍にいるのだから、この問題も意外とすぐに解決できるのかもしれない。

「話はここまでにしておこうか。今はアリーセに触れたい。お前の話を聞いていたらますます好きになって満たされたくなった」

「それは、私もっ……ん」

言い返そうとすると、彼の顔が近づいてきて唇を奪われた。私は抗うことなくそれを受け入れて目を閉じる。満たして満たされたいという気持ちが今の話で一層深くなったのは私も同じだ。

薄く開いた唇の合間から、熱を帯びたヴィムの舌が入り込む。それに合わせるように私も舌先を伸ばし絡ませていく。口内はあっという間にお互いの熱で満たされ、頭の奥にもその熱が届いていくようだ。

しばらくの間キスを堪能していると、ゆっくりとヴィムの唇が離れていく。名残惜しくて、胸の奥がきゅっと切なくなる。ヴィムはその表情を見逃さなかった。

「どうした、まだ足りないって顔をしているな？」

「……っ、ヴィムだって同じなくせに……」

私は恥ずかしくてぼそっと呟いた。

「よく分かっているな。こんなんじゃ全然足りない。今すぐアリーセを抱きたい」

「今日はたくさん歩いたから、先に湯浴みしてから……ぁっ……」

私が戸惑っていると、腰を引き寄せられそのまま抱きしめられる。そして、首元にちゅっと音を立てて口づけられ肌をきつく吸われた。

「今すぐにと言っただろう？　どのみち汗をかくことになるのだから、同じことだ」

「……ん、意地悪っ……。ぁっ、見えるところにはつけないで」

「どうしてだ？　アリーセは俺のものなのだろう？　だったら見える所にもしっかりと所有印を刻んでおかないと」

「……っ、でもっ……」

ヴィムは私の話など聞く耳を持たず、唇を移動させて赤い痕を増やしていく。

（本当に見える場所につけるの……？　ヴィムのものだって言ったけど、こんなの恥ずかしいわ）

「ローブが邪魔だな。脱がせてやるから大人しくしていて」

彼は首元から唇を離すと、羽織っているローブを脱がせて、服のボタンを上から順に外した。私はドキドキしながら彼に服を脱がされていたが、ここが窓の前であることに気づき焦る。

「まずはベッドに移動しませんか……？」

彼も先ほどまでそのつもりでいたのだから、受け入れてもらえると思っていた。

「せっかくだから今日はここでしないか？　アリーセもこの景色を気に入っていたよな？」

「それとこれとは話が違いますっ！　誰かにこんな姿を見られたら……」

ヴィムがここでする気なのだと分かると、私は慌てて言い返す。

「問題ない。ここは最上階だ。そもそも俺がアリーセの綺麗な肌を他の人間に見せると思うか？　問題解決だな」

「ぁっ、……まって、んっ……」

ヴィムの掌が私の腰のラインをゆっくりとなぞっていく。触れられただけなのに、こんな状況に興奮しているのか、いつも以上に体がぞくぞくしてしまう。

「素直な反応だ。アリーセは腰を撫でられただけで感じる体になってしまったのか」

「誰のせいだとっ……」

私は反射的に言い返すが、彼はどこか満足そうな顔をしている。

「ああ、間違ってない。だからアリーセはこの快楽から逃れられない。そうだろう……？」

「ぁっ、やぁっ……」

ヴィムは煽るように私の耳元で囁き、腰に滑らせていた掌を背中に移動させ、そこからお尻に下ろしていく。双丘の膨らみをぐいっと強引に掴まれ、体が大きく震えた。ヴィムはそんな私の反応を愉しむかのように揉みしだいていたが、しばらくするとその奥にある疼《うず》いている場所に指を滑らせた。

「ああ、すごいな。もうこんなに濡らして……。下着が愛液まみれだ」

「やぁ……っ……」

彼はわざと水音を立てるように、下着越しに入り口で何度も指を往復させる。

「本当にいやらしい体だ。アリーセもこんな場所ですることに興奮しているんじゃないのか？」

「ち、違うっ、そんなことは……ない……ぁあっ」

私は必死に首を横に振って否定した。口では嫌だと言っているが、興奮しているのは否めない。

体の疼《うず》きはさらに強くなり、もっと強い刺激を期待してしまう。

「そんなに甘ったるい声を漏らしておいて、説得力の欠片もないな」

「ぁあっ、だって……ヴィムが、いじ、わる、する……からっ……」

下着の上を滑っていた指が隙間からゆっくりと蜜口の中へと入り込んでくる。直接触れられると、さらに刺激を感じて体の震えが強くなる。彼の指はあっという間に蜜壺に飲み込まれ、ぐちゅぐちゅといやらしい音を立てながら内壁を擦るように蠢《うごめ》きはじめた。

「アリーセはその意地悪が好きなくせに」

「はぁっ、ぁあっ……ん、す、き……でも、こんな場所では……」

ヴィムは私の耳元で「諦めろ、逃がさない」と低い声で囁くと、蜜壺の中を掻き混ぜながらさらに追い打ちをかけるように耳の縁をいやらしく舌先で舐める。

「やぁ、耳は……だめっ……ぁあっ、やだっ……」

「アリーセは本当に耳を責められるのが弱いよな。そんな弱弱しい力で抵抗して可愛いな」

「ぁああ、そんなに、激しくしないでっ……」

蜜壺の中で蠢《うごめ》く指使いがさらに激しくなる。私は倒れないようにヴィムの腕に必死にしがみついて耐えることしかできない。

(だめ、もうイく……！)

絶頂が近くなりぎゅっと目を瞑《つぶ》ると、中で動いていた指がぴたりと止まった。私は「え？」と思って瞼を開けた。

「今日はいつも以上に意地悪したい気分になった。というよりは、じっくり愛したい」

私が戸惑っていると、彼は熱っぽい視線でこちらを見つめた。そして柔らかく微笑んだかと思うと、再び首筋から胸にかけて愛撫をはじめる。寸止めされた体には、それがとてももどかしくてたまらない。ヴィムは分かっていてわざと焦らしているのだろう。本当に意地悪な男だ。

ふいに窓のほうに視線を向けると、燃えるように真っ赤な太陽が水平線に呑み込まれようとしているところだった。とても幻想的で心が惹き付けられる光景だった。

「アリーセ、俺より夕陽に見惚れるなんて、ずいぶんと余裕があるんだな」

「……っ、だって、すごく綺麗ですよ！　海が真っ赤に光っているみたい……」

「たしかに綺麗だ。そんな光景を眺めながら愛し合ったら、今日のことはアリーセの中で特別な記憶として残るかもしれない。ってことで、邪魔な服はすべて脱がせるよ」

「あっ、待って……」

彼は私の言葉など聞かずに、慣れた手つきで身ぐるみを剥がしていく。しばらくすると、私は一糸まとわぬ姿になっていた。

「じきに闇に包まれる。だからそこまで恥ずかしくないだろう？」

「は、恥ずかしいわっ！　こんな姿で、窓際に立たされて……。ヴィムは脱いでないからそんなこと言えるのよ。ずるいわ！」

私は自分の体を両手で隠しながら、必死に不公平だと訴えた。

「たしかにそれもそうだな。俺もすべて脱げばいいか？」

「はい……」

ヴィムはあっさりと私の意見を受け入れると、躊躇《ためら》うことなく服を脱ぎ捨てた。恥ずかしさなど微塵もなさそうに見えた。

「これでアリーセと同じ姿になった。満足か？」

夕陽に照らされたヴィムの顔はいつもとどこか雰囲気が違っていて、それだけでドキドキしてしまう。私がじっと見つめていると、ヴィムは微笑んだ。

「そんなに熱っぽい視線を向けて、もう待ちきれなさそうだな」

「……っ、ヴィムのせいです。なんとかしてくださいっ」

こんな場所で背徳的な行為をすることに興奮しているのか、さらにお腹の奥の疼《うず》きが強くなる。

「アリーセ、俺の首にしっかり掴まっていて」

その言葉に頷き、両手を伸ばしてヴィムの首に腕を絡めた。すると、彼が私の片足を持ち上げて、さらに熱くなった中心に硬く滾《たぎ》ったものを押し付けた。

「ぁっ……」

「入り口に少し押し付けただけでそんなに可愛らしく啼《な》いて、お前は本当に快楽に弱いね」

ヴィムは入り口を探るようにそれを擦らせた。ずっとほしかった刺激を与えられて体が悦び、従順に反応してしまう。

「……お願い。ヴィムでいっぱいにして……」

私が切なげに懇願すると、ヴィムの表情が一瞬で変わる。どうやら、我慢していたのは私だけではなかったようだ。まるで野獣のような鋭い視線を向けられ、私がごくんと唾を飲み込んだ瞬間、ヴィムの口元がわずかに吊り上がった。

そして硬いものが一気に最奥を貫いた。

「……っ、ぁああっ!!」

「一気に入ったな。満足か？」

悲鳴のような嬌声が響き渡る。今まで溜まっていた熱が飛沫のように弾け飛んでいくようだ。

「すごい締め付けだな。中もすごく熱い。アリーセがどれだけ待ち望んでいたのか伝わってくる」

「ひぁあっ、ああっ、まっ……って」

ヴィムは片手で私の腰を引き寄せると、激しく腰を振って抽挿をはじめた。ずっと求めていた刺激に歓喜したが、焦らされたことで普段以上に刺激が強く感じる。それなのに彼は無遠慮に激しく突き上げてきて、息をするのを忘れてしまいそうになる。

「待っていていいのか？　ずっとこの刺激がほしかったのだろう？」

「ぁああっ、だ、だめっ……、そんなっ、ぁっ……っっ！」

私は倒れないようにヴィムの首に掴まっていることしかできない。蜜壺の奥を激しく突かれるたびにぐちゅぐちゅといやらしい水音が響く。深い場所を抉《えぐ》られると、吸い付くようにぎゅうぎゅうと締め付けてしまう。離れたくないと無意識に体が反応しているようだ。

「果てるのは自由だが、最初からそう何度もイって平気か？　今日は満足するまで離してやるつもりはないからな」

「はぁっ、だって……ヴィムが最初から、激しくしすぎるからっ……ぁあっ」

話している間もヴィムは速度を落とさない。私は息を切らしながら必死に言い返した。

「アリーセが望んだことだろう？　満たしてほしいと、な」

「そう、だけどっ……、こんなの、私がもたなっ……」

ヴィムは今も愉しそうな表情をしていて余裕があるように見えるが、口元からは荒々しい吐息が漏れている。呼吸に合わせるように、パンパンと肌がぶつかり合う音が響く。

頭がおかしくなりそうなほどの快楽を与えられているのに、心の中は幸福感で満たされていく。求められれば求められるほど、彼がほしくなる。けれど、こんな強欲な私であっても、ヴィムは喜んで受け入れてくれるだろう。

「はぁっ、キス……して。もっとヴィムを感じたい……」

「今日のアリーセは欲張りだな。キスしてほしいのなら口を開けて、舌を伸ばして」

私は震える口をゆっくり開き、舌先を突き出した。

「今のお前の顔、色っぽいな。はっきりと見えないのが多少残念だが、今度じっくりと見せてもらうことにするよ」

「……んっ、はぁっ……」

唇が重なり、舌先が絡み合う。お互いの吐息と唾液が混じり合い、口内は蕩けるように甘くて、熱い。

（ヴィム、好き……大好き。この気持ち、どうか伝わって……）

唇が塞がっているため声には出せないが、私の気持ちが届くように必死に舌を絡ませた。

「アリーセ、俺もそろそろ限界だ。奥に出すから受け止めてくれ」

「ん、はいっ……っ、はぁっ……んんっ」

一度剥がされた唇はすぐに塞がれ、貪るように口内を犯される。私の舌を深く吸い上げ、息苦しくてくぐもった声が漏れてしまう。そして、下からの突き上げがさらに激しくなり頭の中が真っ白に染まる。

「アリーセ、愛してる。お前は一生、俺だけのものだ……」

「ぁあっ、はぁっ……わた、しもっ……ぁあっ！」

今の私の表情は歪んでいるかもしれないが、『愛してる』という言葉が聞こえると嬉しくて笑顔が溢れた。

ほぼ同時に絶頂して、奥に温かいものが注がれた。ヴィムの動きも止まって、お互いの視線が自然と絡み合う。辺りはもう暗闇に包まれていたが、月明りのおかげでぼんやりとヴィムの顔が見えていた。視界が曇っているのは恐らく涙のせいだろう。

「アリーセ、これからもずっと俺の傍にいてくれ」

彼は涙で濡れている目元を指で優しくなぞってくれた。先ほどよりもはっきりとヴィムの顔が見えて嬉しくなる。

私は笑顔で「はいっ」と答えた。

夜空には青白い光を放つ満月が浮かんでいた。月明りに照らされたヴィムの姿は、薄っすらと陰がかかっていて普段以上に色っぽく見える。

大きな窓の向こうには月の光に照らされた海面がキラキラと輝いていた。その幻想的な風景と、押し寄せる波の音が心地よい。そんな中で、私たちは体力が尽きるまで愛し合った。
きっとこの日のことをずっと忘れないだろう。

第五章　突然の再会

隣国に来てあっという間に十日が経ち、明日はついに王宮でパーティーが開かれる日だ。前日ということもあり、今日は部屋の中でのんびりと過ごしている。

ヴィムは先ほど従者に呼ばれて部屋を出ていった。なんでも明日の確認をするとのこと。この部屋でやればいいと勧めたのだけど「アリーセはゆっくりしていて」と言われ、置いてけぼりにされてしまった。一人残された私は、ソファーに背中を預けて大きく伸びをした。

「んー……、暇だわ」

静かな部屋に一人でいることには慣れているはずなのに、最近は常にヴィムと一緒に過ごしていたので不思議な感覚がする。

（なにもやることがないっていうのも落ち着かないのよね。……あ、そうだわ。この街で見たものをメモ書きしておこう。帰ったらまとめる予定だったけど、忘れる可能性があるし。時間は有効活用しなければもったいないわ！）

私はノートを開くと、思い出しながらペンをすらすらと走らせていく。ヴィムと街を巡ったことを思い出すと、あのときの風景が鮮明に蘇ってまた楽しい気分になる。あまりに熱心にやっていたため、誰かが部屋に入ってきたことに気づかなかった。

「なにをやっているんだ？」

「ひぁああっ！　び、びっくりした……。ヴィム、お帰りなさい」

突然傍でヴィムが呟き、驚いて大きな声を上げてしまう。

「悪い、驚かせたようだ。ただいま。これは今まで見て回った店についてか」

「はい。時間があったのでメモしていました。感動は時間が経つと薄れてしまいますし」

「それほど楽しかったってことか。連れて来た俺としても喜んでもらえて嬉しい限りだよ」

彼はそう言って私の隣に座ると「アリーセ、話がある」と、なにやら真面目な表情で言った。一瞬戸惑ったが、私の手の上に乗せられた彼の掌の温もりを感じて、少しだけ心が落ち着く。

「明日のことですか？」

「そのことではないんだ。打ち合わせをすると言って部屋を出たら、別の用件が増えた。簡単に説明すると、今ここにプラーム伯爵と、妹のニコル嬢が来ている」

「え……？」

まったく想像しなかった内容に、驚きのあまり気の抜けた声が出てしまう。

（バルティスにってこと？　だけど、二人がどうしてここに……）

「俺も今さっき事情を聞かされたばかりなんだ。直接本人から聞いたほうがいいと思って、廊下に待たせているんだが、入れても構わないか？」

「ちょっと待ってください。二人は今ここにいるのですか!?」

私がそう聞くと、ヴィムは「ああ」と短く答えた。ますます分からなくなったが、とりあえず話を聞かないことには先に進めないので、「分かりました」と告げた。

ニコルとはちゃんと向き合って話をしたいと思っていたけど、突然こんな機会が訪れたことに動揺した。父とニコルは私にどんな用事があって、船で数日かかるところまで追いかけてきたのだろう。邸《やしき》にはしばらく戻っていなかったので、二人と顔を合わせるのは一カ月ぶりになる。

不安を感じていると、ヴィムは私の額にそっと口づけた。

「混乱しているのは分かるが一度落ち着け。俺も隣で一緒に聞いているから大丈夫だ。呼んでくるから、アリーセは座って待っていて」

「……はい」

彼は立ち上がって扉のほうへ向かった。先ほどの口振りからして、すでに二人から話を聞いて内容を把握しているのだろう。その上で大丈夫だというのだから、不安がる必要はないのかもしれない。

私はヴィムのことを視線でずっと追いかけていた。扉が開くと久しぶりに見る父とニコルの姿があり、二人を見ると鼓動が速くなる。

(ニコル……、私にどんな話をするつもりなんだろう)

「アリー、久しぶりだな」

父に声をかけられ、私は慌てて立ち上がる。

「お父様、ご無沙汰しております。あの、今日はどうしてこちらに……。ニコルも久しぶりね」

ニコルに声をかけないのは変だと思い、緊張しながらも挨拶した。

「……お久しぶりです。お姉様」

ニコルの声からは明らかな戸惑いを感じる。お互い気まずいのは、あのときから変わっていないようだ。けれど、挨拶を返してくれただけよかった。これで無視でもされたら、どんな反応をすればいいのか困ってしまう。

二人が私の正面に、ヴィムが私の隣に座ると、父が話しはじめる。

「アリー、突然来て驚いたよな」

「はい……。あの、なにかあったのですか？　もしかして、お母様になにか……」

脳裏に母の姿が浮かび、暗い気持ちになる。

「彼女のことではない。ここに来たのは、アリー、お前のことで少し気がかりな問題があってな……」

「……よかった。驚かせないでくださいっ！」

母の姿だけがなかったので、早とちりしてしまった。

「お姉様、ルシ様と会いましたか？」

「え？　ルシ……？　どうしてここでルシの名前が出てくるの？　以前王都でニコルと一緒にいるところを見かけたきりだけど……」

突然ルシアノの名前が出てきて、ますます分からなくなる。

「アリー、疑っているわけではないのだが、お前に聞いておかなければならないことがある」

「はい？　なんでしょうか？」

父の額からは冷や汗が滲んでいて、おどおどしているように見える。先ほどからちらちらとヴィムを気にしては、気まずそうな表情を浮かべていて明らかに様子がおかしい。

「プラーム伯爵、先ほども話した通り、私のことは気にしなくていい」

「分かりました。アリー、お前はルシアノ殿のことをどう思っているんだ？」

「どうって、ニコルの婚約者でしょ？」

それ以外に答えようがない。私の元婚約者だった男だと付け加えたほうがよかったのだろうか。

「そのことなんだが……」

「私、ルシ様から婚約を解消されたんです」

父が言いづらそうに口ごもっていると、今度はニコルが答えた。

信じられない内容に、私は言葉を失った。ニコルの顔があまりにも悲しげで、どんな言葉を口にすればいいのか分からなかった。

(どう、して……？　ずっと好きだったニコルを手に入れたのに。私を裏切ってまで手に入れたかったんじゃなかったの？)

「お姉様は本当にルシ様のこと、なんとも思ってないんですか？」

「当たり前じゃない。あんな……」

ニコルは真剣な顔で問いかけてきたが、その質問に苛立ちを覚え私は嫌悪感を露わにする。感情が昂《たかぶ》り、咄嗟に罵倒の言葉が出そうになるが直前で堪えた。

「アリーセ、そのまま言って構わない。本音を伝えたほうが二人には分かりやすいはずだ」

「分かりました。私はルシのことを心底軽蔑しています。妹に手を出すような最低男など、こちらから願い下げです。それに今の話を聞いてすごく腹が立ちました。手に入れた途端、手放すなんて意味が分からない。私たち姉妹を馬鹿にするのもいい加減にしてほしいわっ！」

私は声を荒らげながら感情をぶつけた。言いはじめるとそれだけでは気が収まらなくなり、怒りがどんどん込み上げてくる。それくらい彼から酷い仕打ちをされたのだ。

「私たち二人を幸せにしたいとかふざけたことを以前言っていたけど、気持ちが悪いのよ。二人を愛するってなに？　私を愛人かなにかにするつもりだったのかしら……。思い出すだけではらわたが煮えくり返りそうだわっ!!」

感情的になった私を見て、父とニコルは完全に固まっていた。今まで二人には、こんな取り乱した姿を見せたことがない気がする。

「アリーセ、もうその辺でいい。きっと二人にも伝わったはずだ」

「本当に？　文句はまだまだ言い足りませんけどっ！」

昂《たかぶ》った感情を抑えきれずヴィムに言い返してしまう。すると彼が「落ち着け」と言って私の手をぎゅっと握ったので、私は我に返った。

「今の言葉を聞いて分かったでしょう？　アリーセは元婚約者である、ルシアノ・ツェルナーのことをもうなんとも思っていない。それどころか嫌っているくらいだ」

ヴィムは目を細め、鋭い視線をニコルに送る。すると彼女は青ざめ怯えた表情に変わった。

「今の言葉で十分伝わりました。アリー、嫌なことを思い出させてしまって本当にすまなかったね」

「いえ、私なら大丈夫です。むしろ、文句を言ってすっきりしたくらいなので……」

ぼそりと呟くと、父は苦笑していた。ニコルは俯《うつむ》いていて表情を確認することができない。彼女の好きな相手を罵倒してしまい少し罪悪感を覚えたが、私には文句を言う権利があるはずだ。

「アリー、ここからが本題なんだが……。このバルティスにルシアノ殿が来ているようなんだ」

私は父の言葉に驚く。まさか、ルシアノまで来ているなんて思いもしなかった。

「どうやらアリーセを追いかけてきたらしい。私からアリーセを奪い返すとニコル嬢に告げたようだが、そんなことは絶対にさせない」

ヴィムまでそんなことを言いはじめ、ますます混乱する。この中で状況がまったく理解できていないのは間違いなく私だけだ。

「あの、さっきから言ってることがよく分からないのですが。なんで私なの……？」

「そのことについては私から説明します」

しばらく黙っていたニコルが口を開き、今回の経緯を語りはじめた。

「ルシ様が本当に想っているのは、私ではなくお姉様です」

「違うわ！」

「違いません。私が彼の気持ちを利用して付け込んだんです」

「だけど、私……聞いたのよ。一年くらい前に、眠っているニコルにルシが気持ちを打ち明けていたところを」

あの光景は衝撃的で、今でも忘れられない。

ニコルは唇をきゅっと噛み締め、悔しそうに、そして苦しそうな表情を浮かべた。

「それは、すべてお姉様への想いです。私、どうしてもルシ様に振り向いてほしくて、ある提案をしました。私をお姉様の身代わりにしてほしいと……」

「は……？　身代わり？」

ニコルの言っていることがすぐには理解できなくて困惑する。

「私たちは幼い頃から家族のような付き合いをしていましたよね。二人は婚約者同士だけど、恋人のような関係ではなかった。ルシ様はお姉様と本当の恋人になることを望んでいたけど、今の関係を壊すのが怖くてお姉様に手を出せなかったんです。だから、私がルシ様の気持ちを受け止める、お姉様の代わりになると提案しました」

想像を超えた内容に私は言葉を失う。なんて馬鹿げた考えなのかと思ったけど、ニコルの傷ついた表情を前にそんなことは言えるはずがない。

「自分が愚かなことをしたことは分かっています。私はそれでもルシ様がほしかった。だから、身代わりだとしてもルシ様に愛してもらえて幸せだと思っていました。でも……、それは私が勝手に思い込んでいただけ。最初からルシ様が見ていたのはお姉様だけだったんです」

ニコルの話を聞き終えると、再びふつふつと怒りが込み上げてくる。彼女がしたことはたしかに許しがたいことだけど、それを受け入れたルシアノにだって非はある。

彼はニコルの気持ちを知っていながら、心だけでなく純潔までも奪った。それなのに婚約を解消するなんて、自分勝手にもほどがある。自分がしたことの責任すら放棄して、逃げようとする姿勢に嫌悪感と怒りを覚えた。

「ここまで身勝手な人間だとは思わなかったわ……」

思い返すと、ルシアノは私と婚約解消するときも自分の非を一切認めようとしなかった。

「ルシは、本当にバルティスに来ているのですか？」

「来ていることは間違いないと思うが、消息は残念ながら分かっていないんだ」

私が問いかけると、父は深刻な面持ちで答えた。自国じゃない以上、捜索するのは困難なのだろう。それにヴィムだって他国で騒ぎを起こして目立ちたくはないはずだ。

「私たちはここに来てから何度も街を歩き回ったが、彼の姿は見ていない。連れてきた護衛たちもあの男の容姿を把握しているが、なにも報告が上がってこないということは、今は警戒して姿を眩ませていると考えるべきだな」

「それって私が顔を隠していたから、気づかなかっただけではないかしら」

外に出るときはいつもローブを着て、頭はフードで隠していた。

「アリーセの顔が見えなかったとしても、私の顔は知っているはずだ。以前会っているからな。隣に親しい者がいたら婚約者であるアリーセだってすぐに気づくのではないか？」

たしかに、ヴィムは王子だし、簡単に顔を忘れるような人間ではない。

「それに、アリーセ以外の前であんな態度はしないよ。ずっと手を繋いだままだったし、どこからどう見ても恋人にしか見えないと思うが」

「……こ、恋びっ……！」

不意にあのときのことを思い出して、頬が熱くなる。

「照れるところか？　アリーセはいつでも簡単に顔を真っ赤に染めて可愛らしいな」

動揺している私を見てヴィムはクスッと笑うと、顔を寄せて額にそっと口づけた。

「……ゴホ、ゴホッ……」

私たちがいつものようにじゃれあっていると咳払いが聞こえた。視線を正面に向けると、困った顔の父と目が合い、恥ずかしくてさらに顔が熱くなる。

「ああ、悪い。いつもの癖で……」

ヴィムは目を細めてチラッと私を見ると、わずかに口端を吊り上げた。

（今のは絶対にわざとだわ……！　お父様たちになにを見せるの!?　恥ずかしい……）

「ずいぶんと二人は、その……、仲がよろしいのですね」

「当然だ。私たちは気持ちが通じ合ってるのだからな」

父の言葉にヴィムはにっこりと微笑んで答えた。いつもだったら『他人に照れた姿を見せるな』とか言ってくるのに、今は自らその状態を作り出している。家族だから気にしていないのだろうか。

（ううん、違う気がする）

今のは父を安心させるためにしてくれた行動なのだろう。婚約者を奪われた娘が、今はちゃんと愛されて幸せだと伝えるために。言葉で説明するよりも、態度で示したほうが分かりやすいから。

（お父様たちにこんな姿を見られて恥ずかしいけれど、安心はしてもらえたのかも。ヴィム、ありがとう……）

私は心の中で彼に感謝した。

「話が逸れてしまったが、彼がこの国でアリーセの存在を確認している可能性はあると思っている。街中で接触してこなかったのは、彼女の傍には常に私がいたからだろう。王子である私なら、従者を街中に紛らせていることも容易に想像できたはずだ」

「隣にいるのが殿下だと分かれば、そう考えるのが妥当ですね。だとすれば、ルシアノ殿は諦めたということになるのでしょうか……」

私は話し合いの邪魔にならないように、ヴィムの隣で大人しく話を聞いていた。

「そうとは言いきれない。ニコル嬢との婚約を白紙に戻し、貴族の生活も捨てた。彼は相当の覚悟を決めて動いているはずだ」

「それならば、自国に戻ってからアリーに接触してくるということなのでしょうか」

「いや、それは考えにくい。帰国したら私の命令一つで彼を捕らえることも処罰することも容易いからね。しかし、他国であれば難しくなる。そう考えると、このバルティスにいる間に接触してくる可能性が非常に高いだろうな。例えば明日のパーティーとか」

ヴィムの言葉に私たち三人は一斉に驚く。

「さすがにそれは考えすぎではありませんか？　人も多いし、警備だってしっかりされていると思います」

動揺して思わず口を挟んでしまう。ルシアノは身勝手な人間だが、そこまで無計画で無謀な行動をするとは思えない。切羽詰まって考える余裕すらないのだろうか。

ニコルはルシアノが好きなのは私だと言ったが、どうしてもその言葉を信じることはできなかった。それよりも、私が婚約解消を言い出したことがきっかけで、彼の人生は転落していったのだから、私を恨んでいるのではないかとつい考えてしまう。どちらにせよ、非があるのはルシアノのほうなので同情する気はない。

「場合によっては、人が多いほうが目立たないこともある。パーティー会場であれば、突然声をかけても周囲からは不自然には見えないだろう？　挨拶回りをしている人間は多いからな。おそらく、彼はアリーセが一人になったところを狙って近づいてくるはずだ」

「あ……」

ヴィムが言っていることに納得して、不安が大きくなる。

「心配しなくていい、彼の手の内は大体読めている。想定内だと分かれば対処のしようもある。伯爵、そのことについて話がしたい。従者を含めての話になるから、私と一緒に先ほどの部屋まで来てもらえるか？」

「もちろんです！　娘のために協力していただき心より感謝いたします」

「私にとってもアリーセはかけがえのない存在だ。彼には指一本触れさせるつもりはない」

相変わらずヴィムは恥ずかしい台詞《せりふ》をさらりと口にする。聞いている私たちのほうが恥ずかしくて言葉に困ってしまう。現に父も戸惑ったように目を泳がせている。

「アリーセとニコル嬢は話が終わるまでここで待っていてくれ。それじゃあ伯爵、行こうか」

ヴィムは父を連れて部屋を出ていった。

必然的にこの部屋には私とニコルの二人きりになった。突然の展開に戸惑い、お互いなにも言葉を発しないまま時間だけが流れていく。

(気まずいわ、なにか話さないと……)

私はちらりとニコルを見た。一瞬目が合うが、彼女は驚いた顔をすると慌てて視線を逸らした。

(どうしよう……。このままだとなにも話せない)

この状況はきっとヴィムが用意してくれたものなのだろう。私がニコルとちゃんと向き合いたいと話したからだ。急ではあるけど、せっかく与えてくれた機会を無駄にしたくない。

(今話さなければ、もっと気まずくなるだけだわ……!)

私は意を決して、スッと立ち上がった。そして鳴り続ける鼓動を抑えながらニコルの隣に座る。

「ニコル、私ね……」

「ご、ごめんなさいっ……!」

私が口を開くと、ニコルは声を張り上げ勢いよく謝った。突然、大きな声が響き渡り、私が驚いていると彼女は言葉を続ける。

「私……、あんなによくしてくれたお姉様に酷いことをしてしまいました。本当に、本当にごめんなさいっ……」

ニコルは目に大粒の涙を溜めて必死に謝っていた。彼女の涙を見るのは初めてな気がする。

いつも元気で明るくて無邪気な笑顔を振りまいているのが、私のよく知っているニコルの姿。だから衝撃が大きくて、私は狼狽《うろた》えた。けれど、今この部屋には私たち二人しかいない。どうにかしてくれる人は他にはいないということだ。

ニコルは指で涙を拭って再び口を開く。

「ずっと、なんでもできるお姉様が羨ましかった。優秀だってみんなから称えられて、素敵な婚約者もいて、恵まれた環境で育ってきたお姉様に嫉妬していたんです」

「え……」

「私はいくら頑張ってもお姉様を超えるどころか、同じ位置に立つことすらできない。お姉様は本当の貴族令嬢で、私は孤児の、ただの身代わり。外見だけいくら綺麗に着飾っても、本当の貴族にはなれないんだと思い知らされました。特に学園に通うようになってからは……」

ニコルは時折鼻を啜《すす》り、乾いた笑みを浮かべる。

私はニコルと違う学園に通っていたので、彼女が周囲からどのように言われていたのかは知らない。けれど、きっと酷いことを言う者も多かったのだろう。彼女の心にそんな闇が潜んでいたなんて考えたこともなかった。

それに、ニコルを亡くなった妹の身代わりだなんて考えたことはない。たしかに私の妹になったことには違いないけれど、二人はまったくの別人だし性格だって全然違うのだから。

「私はニコルのこと、そんなふうに思ってないわ！」

私がはっきりと否定すると、ニコルはか細く微笑んだ。

「分かっています。でも、お姉様に嫉妬するようになってから、私は事実をねじ曲げてものを見るようになってしまったみたい。ルシ様に大切に思われてるお姉様がずっと羨ましくて、同時に憎かった」

「ニコルは私が羨ましくて、ルシに近づいたの？」

「それは違う！　気づいたら、好きになっていたの。いつも優しくて、なんでもできてしまうルシ様は私にとって憧れの人そのものだったから。なのに、お姉様は婚約者なのにまったくそんな態度を見せないから、私だったらもっと婚約者らしくするのにって何度も思った。そしたら不満がどんどん膨れ上がっていって、抑えられなくなって……」

ルシアノのことを思いながら話すニコルの表情は、恋する少女の顔だった。

「お姉様はルシ様のこと、家族のような存在としか思っていなかったんでしょ？」

「そんなことないわ。婚約者としての自覚は持っていたつもりよ」

「だったら、ルシ様と恋人のような関係になりたいって思った？　キスしたり、抱きしめてもらったり、好きだって気持ちを伝えてほしいと思ったことはある？」

「それは……」

あの頃の私はルシアノのことが好きだった。いつも傍にいてくれたのは彼だけだったから。けれど、先ほどのニコルの言葉を聞いて過去を思い返してみたが、そんなふうに考えたことは一度もなかった気がする。恋人というよりは、家族や友人に近い存在だった。

「やっぱりね。奥手なルシ様も悪いけど、お姉様は鈍感すぎ……」

「そんなことないっ！」

「そんなことあります！　でも、そんなお姉様にも、ちゃんと大切な人ができたんですね。私にはこんなことを言う資格なんてないかもしれないけど、少し安心しました」

いつの間にか、ニコルは私のよく知っている明るい表情に戻っていた。安心する反面、彼女の気持ちを考えると複雑な気分になる。

三人で一緒にいるとき、ニコルはどんな気分だったのだろう。好きな相手が自分以外を見ていると思うだけで辛いはずだ。それなのに、私には一切気づかれないように笑顔で、ずっと自分の気持ちを心の中にしまい込んで耐えてきたのだろう。

私は一年でも辛かったのに、彼女はその何倍もの時間を耐えていた。そう考えると、胸を鷲掴みにされたように苦しくなる。

(私は、姉として失格だわ。誰よりも傍にいたのに……)

目元がじわりと熱くなり、涙が頬を伝う。

「ちょっと、なんでお姉様が泣いているの？」

「うっ……、ニコルごめんなさい。私、なにも気づいてあげられなくてっ……、姉なのにっ……」

感情が押し寄せてきて、自分の意思では抑えることができない。

「こんなときに姉面なんてしないでよ。悪いのは間違いなく私じゃない。お姉様はなにも悪くない。私が勝手に好きになって、強引に奪っただけ。お願いだから謝らないで。謝られたら、私……どうしていいのか分からなくなるからっ……」

ニコルも私に引っ張られるように泣き出した。私たちはしばらくの間、感情のままに泣き続けた。

涙が不安だった心を洗い流してくれるようだ。

「今のニコルの顔、酷いわね。目なんか真っ赤よ」

「……っ、お姉様だって同じです」

おかしくて笑うと、ニコルはむっとして言い返してくる。けれど、次第にニコルも笑い出して、気づけば二人一緒に笑っていた。こんなふうに彼女と一緒に笑ったのはいつぶりなのだろう。つい懐かしくなった。

「ねえ、ニコル」

「なんですか？」

「ニコルが思っていたこと、すべて私に聞かせて」

ニコルは困惑したような表情になった。

「私たちはお互い気持ちを隠していたから、誤解することが多かったんだと思う。もちろん私も話すから」

「……私が思っていることは、かなり酷いことですよ？　ショックで寝込んでしまうかも」

「ふふっ、大丈夫。そんなことになったら、ヴィムに慰めてもらうし……」

「ずいぶん幸せそうな顔、するんですね。私、誤解してました」

「え？」

「婚約が急に決まったから強引にさせられたと思ってました。相手は王族だし……。でも、さっきの二人の様子や今のお姉様の言葉を聞いてはっきりと分かりました。今のお姉様は本当に幸せなんですね」

彼女の言葉に照れながら小さく頷いた。

「私はニコルのことを恨んでなんていない。だからもう変な気は遣わないで。私はもう一度ニコルと家族をやり直したい。嫌でなければ、だけど……」

「それは私からお願いしようと思っていたことです。私の台詞《せりふ》を取らないでくださいっ！」

「あっ、ごめんなさい……」

「冗談です。でも、今のお姉様の顔を見て思いました。私も幸せになりたい。そうなれるように、これから頑張っていこうと思います。ちゃんと、自分の力で……」

今のニコルは、前に進もうとしている人間の真っ直ぐな瞳をしていた。

しばらくするとヴィムが戻ってきて、入れ替わるようにニコルは出ていった。彼は私の隣に腰かけると、心配そうに目を細めた。

「目が赤いな」

「あ、これはっ……」

不意に彼の手が伸びてきて、私の目元をなぞった。少しくすぐったい。

「泣かせたことは気に食わないが、アリーセの気持ちが伝わったならよかった」

「どうして分かるんですか？」

まだなにも話していないのに、どうして彼は分かったのだろう。不思議に思っていると、ヴィムは口元を緩めて笑った。

「今の表情こそが答えだろう？　その顔を見ればどうなったのかくらい分かるよ」

「あ……、ヴィム、こんな機会を作ってくれたことに感謝しています。本当にありがとう……」

彼が機会を与えてくれなければ、次にニコルと話せるのはいつになっていたのか分からない。早々に決着したいことだったので助かった。

「礼などいらない。俺にとってもいいことだからな」

「どういう意味ですか？」

「お前の悩みは解決した。ということは、そこを占めていた分の心も俺のものにできるということだろう？　アリーセの心を独占するという願いに一歩近づいたわけだ」

ヴィムの独占欲の強さは少し異常だと思うが、愛されていると実感できるから素直に嬉しい。強引なところもあるけど、ルシアノのように独りよがりにはならず、ちゃんと私の気持ちを考えてくれる。

「お前にも一応伝えておくよ。残り数日、この施設に二人も泊まれるように手配しておいた。帰りも同じ船で帰ることに決まったから、ここにいる間は好きに話せばいい」

「え……？」

「自国に帰ったら、そのままアリーセには離れで暮らしてもらうことになる。伯爵にはすでに了承を得ている。話したいことがあるのなら今のうちに済ませておくんだな。戻ったら即結婚に向けての準備をはじめるから、忙しくて会う時間もそうないはずだ」

「ヴィム、ありがとうっ！」

まさかそんなところまで話が進んでいるとは思わなかった。結婚を早めたいとヴィムが思うくらい、私は彼に愛されている。そう思うと昂《たかぶ》った感情を抑えることはできず、思いっきり抱きついていた。

「こんなにくっついていると襲いたくなる」

耳元で意地悪な声が響いてきて、反射的にびくっと体を震わせた。

「その前に話しておかなければならないことがある。ルシアノ・ツェルナーのことだ」

その名前を聞いてハッとして、ヴィムから体を引き離した。

「俺の従者がこの街にある宿泊施設を調べたのだが、彼は見つからなかった。となると、どこか貴族の邸《やしき》に潜んでる可能性が高い。彼は最近まで侯爵家の嫡男《ちゃくなん》だったわけだし、この国の貴族と繋がりがあったとしてもおかしくないはずだ。パーティーに参加するために王宮に入るには、貴族の協力がなければほぼ不可能に近いからな」

彼の言う通り、パーティーに参加するには招待状が必要だ。ルシアノが持っていなかったとしても、招待状を持つ人のパートナーとして参加すれば簡単に入れるはずだ。残念ながら私はルシアノの交友関係についてはあまり知らない。結局、今回もヴィムに任せることになってしまいそうだ。

「本当に来るのかしら……」

私は弱弱しく呟く。ルシアノの本性を知った今では、血も涙もない冷徹な人間にしか思えなくなっていた。だから、すごく怖い。

「アリーセの身の安全は保証する。時間はあまりなかったが、強い協力者も見つかって対策は万全だ。だから、そんな不安そうな顔をするな。なにかあっても俺が絶対に守るから」

「……っ、はい」

私を安心させるための言葉だと思うけど、彼が言うと本当に大丈夫な気がしてしまう。ヴィムは絶対に約束を破ったりしない。それに『守る』と言われて、こんな緊迫した状況だというのに嬉しさが込み上げてくる。

「伯爵と話して決めたのだが、二人には俺の従者としてパーティーに参加してもらうことになった」

「え……？　二人って、お父様とニコルですか？」

「ああ、そうだ。彼を見つけ次第、身柄を拘束して自国に連れ帰る。見知った人間が傍にいたほうが大人しく従ってくれるだろうからな」

「たしかに……」

ヴィムは国賓として招待されているため、数人の従者を連れて王宮に入ることが許されている。その枠に父とニコルを加えるつもりなのだろう。

（なんだか大変なことになってしまったわ。本当に明日、ルシは現れるのかしら……）

今回の騒動は私を含めた家族の問題だ。しかも、大切なパーティーを控えた状況でヴィムを巻き込んでしまったことを本当に申し訳なく感じる。もし、ザイフリート王国の国民であるルシアノがここバルティスで騒ぎを起こせば、周りの目は王子であるヴィムに向けられるだろう。

（それだけは絶対に嫌……。なんとしても、ルシを見つけないと……）

しかし、それは私のやるべきことではない。一番すべきことはヴィムの婚約者としての初めての仕事を成功させることだ。彼は守ると約束してくれた。今はその言葉を信じよう。

翌日、私は朝早くから使用人たちにドレスを着せられて、化粧や髪のセットをしてもらっている。扉の外では慌ただしく歩き回る足音や、忙しない声が飛び交っていた。

意外なことに今日着るドレスは薔薇色で、肩と胸元が大きく開いたオフショルダータイプのものだった。ふわふわのフリルが何層にも重なっていて、黒いレースがふんだんに使われている。胸元には薔薇を模した飾りが付けられていて、優雅な雰囲気も感じられる。

靴はドレスと同色のハイヒールだ。可愛いというよりは大人っぽい雰囲気のドレスで、今まで身につけたことのないタイプだったので少し興奮していた。

（これを選んだのってヴィムよね……？　私が大人っぽいものに憧れているから、こんなドレスを用意してくれたのかしら）

首元が大きく開いているドレスをヴィムが進んで選ぶのはおかしいと思ったが、せっかく彼が用意してくれたものなので素直に喜ぶことにした。

髪は下ろしてサイドを編んでもらい、左側には薔薇の髪飾りを付ける。首元には数日前にヴィムがプレゼントしてくれた、ストロベリー色のペンダントが光り輝いている。薬指には婚約指輪、耳には薔薇色のイヤリングを付けた。鏡を覗き込むと、普段よりも大人っぽく見える自分の姿にドキドキしてしまう。

（素敵……、たまにはこういうドレスもいいものね。ふふっ、ヴィムも私の姿を見たら驚くかしら）

彼が今の私の姿を見て、どんな反応をするのか考えるとそれだけで楽しい気分になる。

準備が終わり、しばらくするとヴィムが部屋に入ってきた。早くこの姿を彼に見てほしくて、昂《たかぶ》る気持ちを抑えながら立ち上がる。

「ヴィム……！」

ハイヒールを履いているので速くは歩けないけど、気をつけながら近づく。彼はそんな私に気づくと、速足で歩み寄ってきた。

「ずいぶんとはしゃいでいるな。急遽変更になったそのドレスを気に入ったのか？　とりあえず座って話そうか」

ヴィムは私の手を取ると、ソファーまで案内した。隣に座ると、ヴィムは不満そうにこちらをじっと見ている。

「このドレス、ヴィムが用意してくれたのですよね？　変更って、予定していたドレスが間に合わなかったのですか？」

戸惑いがちに聞くと、ヴィムの手が私の肩に触れた。

「肌を見せすぎだ」

彼はぼそりと呟くと、私の肩口に顔を埋め、首筋にちゅっと音を立てて口づけた。ちくりとした鋭い痛みに体が小さく震える。

「……あのっ、なにをしているんですか？」

私は慌ててヴィムの体を引き剥がし、抗議した。

「悔しいけど、今のお前……、すごく色っぽくて綺麗だ。首元まで隠れるものを用意していたんだが、アリーセの身の安全を一番に考えて変えさせてもらった」

「どういうことですか？」

どうやらこのドレスは既製品で、ヴィムが用意してくれたものとは違うようだ。彼が作らせていたデザインは、淡いピンク色の清楚な雰囲気のもので、肌の露出も極限まで抑えていたとか。

なぜ、このドレスに急遽変更になったかというと、私の囮《おとり》を立てるために同じドレスがもう一着必要になったからだそうだ。しかし、パーティーの前日ということもあり、ヴィムが用意していたドレスをもう一着作る時間はない。そんな理由から、既製品を探すしかなかったという。

「そういうことだったんですね。でも、囮《おとり》って……」

「囮《おとり》役はすでに決まっている。使用人の中に、アリーセの体格に近い者がいたから頼んでおいた」

「ちょっと待ってくださいっ！　それって、その使用人に危険が及ぶってことですか？」

「可能性はあるが、腕の立つ従者を付けてあるから心配はいらない。危害を加えられる前に捕らえる予定だ」

ヴィムの話を聞いて私は困惑する。私の代わりに怖い思いをする者がいると聞かされて、素直に受け入れることなどできるはずがない。しかも、立場の弱い使用人というからなおさらだ。断ることができなかったに違いない。

「ちょっと、待ってくださいっ！」

私はヴィムの腕を掴み、碧色の瞳を見上げた。

「これは私たち家族の問題なのに、関係ない者を巻き込むことなんてできませんっ！　囮《おとり》なんて必要ありません。私が……」

「アリーセ？」

「たしかにこれはお前たち家族の問題だ。だけど、今のアリーセは自分の立場をもっと理解すべきではないのか？　お前はザイフリート王国の王太子である俺の婚約者であり、未来の王妃になる人間なんだ。そんなアリーセに易々と危害を加えるのを許し、その事実を他国に知られたら、それこそ大問題になる」

彼の言うことはもっともだ。迷惑をかけたくなくて、大きな視野で考えることを忘れていたようだ。

「ごめんなさい……、私……」

「俺はアリーセを責めたいわけじゃないよ。だから、そんな泣きそうな顔はしないでくれ」

「ヴィム……」

私を見つめる彼の瞳はすごく優しくて、怒っていないことはすぐに分かった。

「アリーセにも使用人にも危害は加えさせない。いろいろ説明が遅くなったせいで、お前を不安にさせてしまったようだ。すまない、俺の考えが甘かったな……」

「そんなことはありませんっ！」

私は首を何度も横に振って否定した。

「お前が少しでも安心できるように伝えておく。今のアリーセは一人じゃない。俺が傍にいるし、伯爵や妹のニコル嬢だってついている。それに、俺の従者は相当強いぞ。あの男の実力は知らないが、負けることはまずないだろう」

「そう、ですよね。王太子の従者が簡単に負けたら困ります」

冗談っぽく答えると、彼は「その通りだ」と乗ってくれた。そして彼は今日の作戦を話しはじめた。

「お前にはしばらくしたらパーティー会場から離れてもらう。さすがに人目がある場で彼が接触してくることはないだろう。目立つ行動を起こせば、バルティスの兵士にすぐに捕らえられてしまうからな。それに、人目に付かない場所のほうが、こちらとしてもやりやすい」

ヴィムは続けて、バルティス国の王子に事情を伝え、全面的に協力してもらえることになったと話した。今回の作戦の要となる控え室も、目立たない端の部屋を用意してもらえたそうだ。

(バルティスの王子まで巻き込んでいるなんて……。失敗は許されないってことよね……)

今、私のために動いてくれている人が大勢いる。もし、私が勝手な行動に出て大きな騒ぎでも起こしたら、その努力がすべて水の泡になってしまう。それどころかパーティーの参加者や、バルティス国にも多大な迷惑をかけることになりかねない。これはヴィムが考えた策なのだから最善であるはずだ。

「それから、これはお前が安心できるためのおまじないだ」

ヴィムは私の首元にあるペンダントに指を伸ばした。するとペンダントが一瞬眩い光を放ち、すうっと消えていく。

そのあと、私がペンダントに触れても再び光ることはなかった。間もなく執事が呼びにきて、私たちは王宮へ移動した。


馬車に揺られながら、私は窓の向こうに広がる景色を眺めていた。街を通り抜けて王宮の敷地に入ると、建物を囲むように巨大な円形の庭園が広がっている。近づくたびに鼓動の音が大きくなっているような気がするが、きっと勘違いではない。

「アリーセ、顔が強張っているぞ」

隣に座るヴィムに指摘されて、思わず苦笑する。

「ヴィムの婚約者として参加するのは初めてなので……、すごく緊張しています」

今まで何度か王宮のパーティーに参加したことがあるが、そのときもすごく緊張した記憶がある。

私は人見知りなので自分から知らない人間の傍には近づかない。しかし、こういうパーティーではなんの前触れもなく突然話しかけられることがある。そういうとき、頭の中が真っ白になり固まってしまうのだ。

学園に通うようになって共同生活にもある程度耐性が付いたのだが、それでも他人と話すのは苦手だった。今考えると、学園にいたときはヴィム以外の人間から声をかけられることはあまりなかった気がする。王宮事務官になってからも、ヴィム以外と接することがほぼなかったので苦手なことすら忘れていたようだ。

「自分をよく見せようなんて考える必要はない。挨拶はすべて俺がするし、アリーセは愛想よくしているだけでいいよ」

「引きつった顔にならないように努力しますっ！」

確実にうまくやれる自信が持てなくて苦笑いすると、ヴィムは「それでも構わないよ」と笑って言った。

「今日の俺たちは主催者ではなく、あくまで招待客だ。アリーセが緊張していても大した問題にはならないから、そこまで意識する必要はない。その分、挨拶は俺がきっちりとしておく。それでも気になるというのであれば、慣れるための練習だと思ったらいい」

「練習……、ですか？」

「これから先、こういったパーティーに参加する機会は増えてくる。アリーセだって数をこなせば自ずと慣れるはずだ。今日は失敗しても構わないから、気楽な気持ちで参加したらいい」

「……分かりました。今の話を聞いて少し安心しました」

私の強張った顔は先ほどよりは緩んだ気がする。

（今日はヴィムの隣で周りをちゃんと見ておこう……。練習だと思うと少し気持ちが楽になった気がするわ）

緊張が解れてきた頃、宮殿の入り口へと到着した。バルティス宮殿は真っ白な外観で、庭園から望むと一際目立つ建物だ。内壁も白で統一されていて一見シンプルだが、壁には多くの彫刻が施されていてその繊細さに圧倒される。

　馬車を降りると、入り口に立っていた騎士が控え室まで案内してくれた。控え室は二階にあり、室内は広く豪華な家具が並んでいる。大きな窓がいくつかあって、日の光が入って明るい部屋だ。

「俺はバルティスの王子に挨拶してくる」

「私も行ったほうがよろしいでしょうか？」

「いや、アリーセは開始までここで待機していてくれ。使用人にお茶でも用意してもらって、のんびり過ごしたらいい。それとも俺と離れるのが寂しいのか？」

「ち、違いますっ！」

　ヴィムが口端を上げて意地悪そうな顔をしたので、私はムキになって言い返した。私が寂しがっていると思っているようだ。

　ヴィムは「安心しろ、すぐに用事を済ませて戻ってくるよ」と笑って、部屋を出ていった。

　私がソファーに座ってお茶を飲んでいると、ヴィムの従者がやってきて今日の手筈《てはず》を大まかに説明してくれた。

　私は通常通りヴィムの婚約者としてパーティーに参加する。ある程度挨拶が済んだら、疲れたからと言って一度この部屋に戻り、私と同じ格好をした囮《おとり》役の使用人と入れ替わる予定だ。そのあと私はすぐに窓から隣の待機室に移動して、ルシアノが捕まるまで大人しく待機する。

　窓際まで移動すると、大きなバルコニーが見えた。そこから隣の部屋に移る予定なのだが、隣までの距離が思いの外離れていた。どう考えても飛び移れるような距離ではない。

「あの、これってどう考えても無理よね……？」

私は説明してくれた従者に問いかけた。

「板を使って移動していただこうとも考えましたが、安全面を考慮して、一度はしごで一階に降りていただきます。そして再びはしごを使って二階に上がり、隣の待機室に移動していただくことになります」

「はしごを使うのは分かったけど、私が降りているところを見られたらおしまいじゃない？」

「ご安心ください。こちらの部屋は外側を向いていますのでその心配はないかと……」

「でも、もし窓から覗いていたら？」

ルシアノが部屋に潜んでいる可能性だって考えられなくはないはずだ。

「それも問題ないでしょう。使われていない部屋はしっかりと施錠されています。宮殿の鍵は素人では簡単に開かない作りになっていますので」

「それなら空き部屋に隠れるのは不可能ね」

私が質問攻めをしていると奥から扉が開く音が響いた。視線を向けると、私と同じドレスを身につけた女性が入ってきた。宝飾品までは付けていないものの、髪色も私と同じミルキーブロンドだ。恐らくウィッグなのだろう。

(間違いない……。この子が囮《おとり》役なのね……)

割り切ろうとしても、その姿を見ていると罪悪感で胸が痛む。私は説明を続ける従者に「少し失礼します」と告げると、彼女に近づいた。

「あ、アリーセ様」

彼女は私に気づくと慌てて深々と頭を下げた。「顔を上げて」と私が言うと彼女はゆっくりと頭を上げる。体格はなんとなく似ている気がするけど、瞳の色も違うし顔もまったくの別人だ。

「今日はアリーセ様の囮《おとり》役をしっかりと務めさせていただきますので、よろしくお願いします」

「……ごめんなさい」

彼女は落ち着いた態度だったが、その姿を見ていると申し訳なくなって、深々と頭を下げた。今の私にはこんなことしかできない。

「え、あ、あのっ！　頭をお上げくださいっ……」

「私の事情に巻き込んでしまって本当にごめんなさい」

ヴィムがいたら謝ることすら止められそうだけど、せめてこれくらいはしなければと咄嗟に体が動いていた。

「そんなっ、謝らないでください。アリーセ様のお役に立てることはとても名誉なことです。お強い護衛の方たちがいらっしゃいますので、きっと守ってくださるはずです！」

「……っ、そうよね。絶対うまくいくわ」

彼女の言葉を聞いて我に返った。どうして私は失敗することばかり考えてしまうのだろう。強くて優秀な護衛がたくさんいるというのに。

(私って本当にだめね。私が信じないでどうするのよ……。しっかりしないと！)

掌を強く握りしめ、自分の心に再度言い聞かせる。迷いがなくなると自然と不安も薄れていく。

「みなさん、今日は私のために動いていただき本当にありがとうございますっ！　作戦は絶対に成功すると信じています。なので、どうかよろしくお願いします」

私は彼女をはじめ、この部屋にいる使用人に頭を下げた。せめて感謝の気持ちだけは伝えたい。これくらいならきっとヴィムも許してくれるはずだ。

室内の空気が和みはじめた頃、扉をノックする音が響いた。

ヴィムが戻ってきたのだと思ったが、現れたのはニコルだった。今回彼女は裏方に徹するため黒いローブに身を包んでいる。本来いるはずのないニコルの姿が目に入れば、ルシアノが警戒して作戦が思うように進まなくなる可能性があるからだ。

「お姉様っ！」

ニコルは私の姿を見つけると、ぱあっと笑顔を浮かべてソファーに近づいてきた。今まで避け合っていたのが嘘のようだが、もともと仲はいいほうだったので、以前の関係に戻っただけだ。

「ニコル、来てくれたのね」

ニコルと目が合うと、つられて笑顔になる。

身近な人の姿を見ると安心して余計な力が抜ける。今日ここに彼女がいてくれることに心から感謝した。ニコルは隣に座ると、まるで観察でもするかのように私のことをじろじろと見てきた。

「今日のお姉様、いつもと雰囲気が全然違う。だけど、すごく素敵ですっ！　その首元の宝石、お姉様の瞳の色とそっくり。綺麗……」

「ありがとう。素敵よね。ヴィムが贈ってくれた宝物なの」

私は胸元に手を添えて、はにかみながら答えた。そんな私の姿を見て、彼女はなにか言いたげににこにことしている。

「な、なに？」

「今のお姉様、すごくデレデレしてる」

「……っ、そんなことないわっ！」

「今さら誤魔化しても遅いです！　お姉様って恋に落ちるとそうなるんだ。少し意外だけど、なんだか可愛らしい……。幸せなのがすごく伝わってきて、ちょっと羨ましいな……」

ニコルは遠くを見つめてそう呟いた。その表情はどこか寂しそうに見えて胸が苦しくなった。

彼女にとってこれから起こることは間違いなく辛い出来事になるはずだ。傷口に塩を塗るようなものだろう。それなのに彼女は自らの意思でこの計画に参加している。姉としては無理をしているのではないかと心配になってしまう。

「お姉様、どうしてそんなに暗い顔なんですか？」

「それは……」

ニコルは困ったように小さく笑った。

「今日は楽しいパーティーですよ？　綺麗なドレスを身にまとって、婚約者からは素敵なプレゼントまでもらって。今のお姉様は幸せ絶頂なはずだから、暗い顔は不釣合いです。殿下がいらしたら心配されますよ？」

「……たしかに、その通りね」

「そうですよ！　それにお姉様はようやく幸せになれるのだから、堂々としていればいいんです。ね……、な、なに……？」

ニコルが私の手に触れようとした瞬間、バチッと静電気のような光が走った。私はなにも感じなかったけど、彼女には衝撃があったようだ。

「び、びっくりした。今のなんですか⁉」

「し、知らないわ」

「そのドレス、大丈夫ですか……？　会場に向かう前に静電気を除去してもらったほうがよろしくないですか？　今すごくバチッときましたよ！　びっくりした……」

「そうね、そうしてもらうわ」

私たちがそんな話をしていると、再び扉の開く音がして、黒い正装を着こなしたヴィムが入ってきた。黒服に映える金糸の刺繍は気品があり、動くたびに揺れる肩章は見る者を惹きつける。その下にはふんわりとした白いシルクのシャツを着ていて、背中に羽織っているマントの裏地は私のドレスと同じ薔薇色だ。ヴィムのことだから、私のドレスと合わせて急いで準備したのだろう。

髪は後ろに流していて普段以上に色っぽく見える。私はそんな彼の姿にうっとりしていたが、ニコルはヴィムを見るなり慌ててソファーから立ち上がった。

「わ、私は向こうのほうに行っています。それじゃあお姉様、頑張ってくださいねっ！」

ニコルはそう言うと、そそくさと窓際に移動した。

（もしかして、ヴィムが怖いの……？）

あからさまに怯えていたのでそう感じたが、相手が王太子だから緊張しているだけなのかもしれない。

「アリーセ、待たせてしまって悪かった」

「大丈夫です。ニコルに話し相手になってもらっていました」

「そうか。そろそろパーティーがはじまるようだから俺たちも移動しよう。それとも、もう少しここでゆっくりしていたいか？」

「心の準備はできていますので大丈夫ですっ！」

ヴィムがいない間に囮《おとり》役の子や協力者たちと話せたことで覚悟は決まっていた。それに、ニコルが言っていたように楽しまなければ損な気がする。今日はヴィムのパートナーとして初めて参加するパーティー。きっといい思い出になるだろう。

私が笑顔で答えると、彼は手を差し出した。その手を取ろうとしたが、先ほどのことを思い出して躊躇《ためら》う。

「どうした？」

「ごめんなさい。このドレス、静電気が発生するようなんです。先に除去してもらわないと……」

先ほどのことを思い出して戸惑っていると、ヴィムはふっと笑って私の手をそのまま握った。

「大丈夫だ、問題ない」

「あれ……？　なにも起こらない」

不思議に思っていると、ヴィムが「行こう」と言ったので頷いた。

（偶然だったのかしら……？）

パーティー会場に入ると、まず巨大なシャンデリアが目に入った。軽快に響く弦楽器の音楽と、人々の賑やかな声が混ざり合うようにして聞こえてくる。

すでにこの中にルシアノが潜んでいるかもしれない。そう思うと、ついつい周囲を警戒してしまう。

今日のパーティーの主催者はバルティスの王子だ。彼の成人を祝う目的で開かれており、普段よりも規模が大きく、同盟国や友好国の客人を多く招いている。その中の一人がヴィムということなのだろう。

「アリーセ、今日はそんな靴を履いているのだから足元には十分気をつけろよ」

「分かっています！」

ヴィムは心配そうな顔をしたけど、私は内心嬉しかった。ハイヒールを履いているからヴィムと同じ高さの景色を見られて、距離が少しだけ縮まったように思えるからだ。しかも、今日は大人っぽいドレスを身にまとっているので、ヴィムにふさわしい婚約者に見えているのかもしれない。私は形から入ろうとするタイプなので、これはかなり満足度が高い。

「ずいぶんと嬉しそうな顔をしているな」

「理想に近づけたような気がするので少し嬉しいのです」

言葉では「少し」と遠慮がちに伝えたが、この場ではしゃぎたくなるくらい嬉しかった。

「少しという感じは見えないが……。でもまあ、嬉しそうなお前の顔を見るのは悪くない」

彼にも伝わるくらい、今の私は満面の笑みを浮かべているのかもしれない。

普段と違う装いをしているのは私だけではない。いつもより大人っぽい雰囲気のヴィムを見ていると、それだけで胸がドキドキする。

「なぜ、照れる？」

「き、気のせいですっ！」

彼に動揺が伝わってしまい、私は慌てて答えた。すると、突然手を握られて、ヴィムの腕に絡めるように引っ張られた。

「手はここだ。離したらあとでお仕置きだからな」

「離しませんっ！」

会場の中央に向かいながらふと天井を見上げると、壁いっぱいに天界の様子が描かれた壁画が広がっていた。思わず足を止めて天井画に見入っていると、それに気づいたヴィムが口を開いた。

「バルティスの前王は派手好きというか、珍しいものが好きだったらしいぞ。この天井画も臣下のなにげない言葉がきっかけで製作させたと聞いたな」

「好奇心旺盛な方だったんですね。もしかして貿易が盛んなのは、色々な国の見たことがない品に興味があるからだったりして……」

ヴィムの話を聞いて私が呟くと、突然背後からパチパチと手を叩く音が響いた。

「ご名答」

驚いて振り返ると、そこには小麦色の肌に長い銀色の髪をした背の高い男性が立っていた。中性的な顔立ちで、一見女性のようだが声は明らかに低い。白い正装を着こなし、妖艶な雰囲気を漂わせている。

（すごく綺麗な人……。声を聞かなければ性別は分からないかも）

「ヴィム王子の婚約者は勘のいい方だね。まさにその通りだよ。僕の祖父は好奇心旺盛で自分が知らないことがあることが許せない人だったようだ。気になる情報を聞いたら、すぐに使者を送り出して取りにいかせるような、ね。まあ、それがはじまりで貿易の国なんて言われるようになったんだけど……」

「そ、そうなんですか」

突然、知らない人に話しかけられて、私は内心かなり動揺していた。なんとか相槌を返して、助けを求めてヴィムに視線を向けた。

「アリーセ、彼が今日の主役だ」

「えっ……っ⁉」

いきなり話しかけてきた相手が、まさか王子だなんて思いもしなかった。私は慌てて「お初にお目にかかります。アリーセ・プラームと申します」と挨拶をして、カーテシーをした。咄嗟に反応できたとはいえ、心臓がバクバクと大きな音を立てている。

「挨拶ありがとう。ごめんね、驚かせちゃったかな？　君のことは少し、いや、かなり興味があったからね。我慢できずに話しかけてしまったよ」

「い、いえ……。本日は招待していただき、ありがとうございます」

挨拶が遅れてしまったことを怒っている様子はなく、安心した。彼の口調はどこか弾んでいて楽しそうだ。

「僕も君たちに言うことがある。婚約おめでとう。結婚もすぐだって聞いたから、そのときはぜひ僕のことも招待してね」

「ありがとうございます……」

私が答えると、彼は手を差し出した。握手を求めているように見えたので応じようとすると、ヴィムが間に入った。

「アリーセ、握手はしなくていい。どうせ、できないはずだ」

「え……？」

ヴィムが私に視線を向けた。

（どういう意味……？）

「ああ、たしかにこれは無理だね。残念だけど諦めるよ」

彼はなにかを察したように目を細めると、あっさりと手を引っ込めた。

「もう少し君たちと話していたいところだけど、これでも僕は主催者だからね。招待した客人に挨拶をしにいかないと……。二人とも、今日は心行くまで楽しんでいって」

彼は人混みの中へ消えていった。

まさか、声をかけられた相手がバルティスの王子だなんて予想もしなかった。けれど、最初に大物を相手にしたことで、いい感じに緊張が解れたようだ。

それから、私とヴィムも挨拶回りをすることにした。何度も繰り返すことで慣れてきて、いつの間にか自然と笑顔を作れるようになっていった。

「アリーセ、一応伝えておく。この会場にすでにルシアノが来ているようだ」

覚悟はしていたけど、ヴィムの言葉を聞いて嫌な緊張感が生まれる。心のどこかでルシアノが来なければいいと思っていたが、その願いは叶わなかったようだ。

「怖がらせるために伝えたわけじゃない」

「……分かっています」

私は掌をぎゅっと握りしめ、深呼吸をした。

(今私がやるべきなのはルシに怯えることじゃないはずよ。みんなが私のために体を張ってくれているのだから、私も自分の役割をしっかりと果たさなければ……。ヴィムの婚約者である私が弱い人間だなんて思われるわけにはいかないわっ！)

きっと今が正念場なんだと思う。私の態度一つで私やヴィムのイメージが変わるはずだ。私は王太子であるヴィムの婚約者。結婚したら王太子妃になるのに、いつまでも一人の男の脅威に怯えてなんていられない。

「アリーセ？」

「あ、ごめんなさい。私なら大丈夫です。協力してくれるみなさんを信じていますから！　それに今の私には大切な仕事があります。ルシアノのことなんて考えている暇はないんですっ！」

自分に言い聞かせるように力強く答える。決意を口に出すと不安が勇気に変わり、恐れも薄れていくようだ。ヴィムは一瞬驚いた顔をしたけれど、すぐに微笑んで私のことを突然抱きしめた。

「アリーセはいつの間にそんなに強くなったんだ？」

「ヴィム、ここにはたくさんの人がいます！」

周囲の視線が気になり、慌ててヴィムの胸を押し返した。突然、抱きしめられ、頬が沸騰したように熱くなる。

「それは分かっているが、急に抱きしめたくなった」

ヴィムは小さく笑うと私の耳元に顔を寄せ、「惚れ直した」と囁いた。鼓動がどくんと鳴って、心拍数が上がっていく。

「反応はいつも通りか。だけど、俺はそんなアリーセが大好きだ。人前でこんな可愛らしい姿を晒《さら》したのだから、終わったらお仕置きが必要だな」

「誰のせいだとっ……！」

声を押し殺して文句を言うと、今度は平然とした顔で手を繋いできた。

「挨拶回りも大方済んだし、休みにいくか」

「……っ、そう、ですね」

ヴィムが口にしたのは、ルシアノを捕らえる作戦を開始する合図だった。私はいよいよ動き出すのだと覚悟を決めた。

「そんなに緊張する必要はない。まずはよく頑張ったな。初めてにしては上出来だ」

「はいっ！」

彼に褒めてもらえて心の中の重しが一つ取れた気がした。彼の婚約者として私は未熟ではあるけど、いい一歩を踏み出すことができたと思う。これもすべてヴィムのおかげだ。

「それでは、行こうか」

彼の手をぎゅっと握り、私たちは会場をあとにした。


私たちは再び控え室に戻ってきた。扉を開けると中にいた人々の視線が一斉に集まり驚いた。全員が鋭い視線で、すでに臨戦態勢に入っているようだ。その緊迫感が伝わってきて、私も緊張してしまう。

(いよいよなのね……)

ごくりと唾を呑みこみ、覚悟を決める。ヴィムに手を引かれて窓際まで歩いていくが、緊張して握る手に力が入ってしまう。

「アリーセ、怖いか？」

「怖くないと言ったら嘘になりますが、私なら大丈夫です」

ヴィムが心配そうな顔で問いかけてきたので、私は笑顔を作って答えた。

どんなに怖くても、計画はもう動き出している。それに私は安全な部屋に移動して、事が済むまで待機するだけだ。なにもしない私が不安な顔を見せて周りの士気を下げては元も子もない。今の私にできることがあるとしたら、邪魔をしないことと、堂々としていることくらいだろう。

「本当に今日のアリーセは頼もしいな。でも、手が震えている。俺の前では強がる必要なんてないんだぞ」

「あ、本当だ……。これはっ、違うの」

ヴィムに指摘されるまで自分の手が震えていることに気づかなかった。戸惑って否定すると、彼は「こんなときでも強がるアリーセは可愛らしいな」と呟く。

「しばらく離れることになるが、すべてが終わるまで待機室から決して出るなよ？」

「分かっています。ヴィムはこれからどうするのですか？」

「俺は一度この部屋を出る。俺がアリーセから離れたところを見せれば、より油断させられるからな」

「たしかに……」

ヴィムは短時間で作戦を立てて、実行している。ルシアノがいつからこんな計画を立てていたのかは分からないが、まさか自分のほうが罠にかけられているなんて思いもしないはずだ。権力も頭脳もヴィムのほうが上なのは間違いない。

私たちが話していると、従者の一人が近づいてきた。

「ヴィム殿下、こちらの準備はすでに整っております。手筈《てはず》どおりに動いてもよろしいでしょうか」

「ああ、頼む」

ヴィムの言葉を聞いた従者たち数名が、窓のほうに移動して準備をはじめる。

「そろそろ時間のようだ。アリーセ、またすぐに会える。だから不安な顔はしなくていい」

「はいっ！　ヴィムも気をつけて……」

彼に声をかけると、「ありがとう」と笑顔で返してくれた。それから、ヴィムは部屋の端で別の従者と最後の打ち合わせをはじめる。

私は従者の指示に従って、窓からはしごで一階へ降り、もう一度二階に上がって隣の部屋へ移動した。すでになにもかも準備されていて、滞りなく移動が完了した。

待機部屋に移動すると、そこには数名の使用人と警護役がいて、その中には父の姿もあった。

「アリー、どうやら無事に来られたようだね」

私の存在に気づいた父が声をかけてきたので、駆け寄る。

「はい。ニコルの姿が見えませんが、一緒に待機しているはずではないのですか？」

室内に視線を巡らせるが彼女の姿は見当たらず、父に問いかける。

「さっきまでこの部屋にいたのだが、最終確認をしている間にいなくなっていたんだ」

「え……、大丈夫なんですか？」

「大丈夫だとは思うが、もしかしたら宮殿内で迷子になっているのかもしれない」

父の言葉に思わず苦笑した。たしかに宮殿は広いし、慣れない場所だから迷ってしまうこともあるかもしれない。私が迷わなかったのは傍にヴィムがいたからだ。

「どうして、こんなときに外になんて……」

「あの子はずっとそわそわしていたからな」

その気持ちは分からないでもない。特にニコルにとっては大切な人の運命が決まる場面でもあるので、なおさら落ち着かないのだろう。

「ルシと遭遇するかもしれないのに危険だとは思わなかったのかしら」

危険なのは私だけではないはずだ。ルシアノの人生を狂わせた原因がニコルにもあると考えれば、復讐のために狙われることだってあり得る。むしろ、一番危険なのは彼女なのかもしれない。そう考えると不安が心の中を埋め尽くしていく。

（どうしよう、ニコルになにかあったら……。お願い、早く戻ってきて……！）

「アリー、とりあえずソファーに座って話そう」

「そんな悠長なことを言っている場合ですか!?　ニコルを早く連れ戻さないと！」

私は取り乱して声を荒らげてしまう。

「まずは落ち着きなさい。ニコルのことは大丈夫だから」

「……っ、そうですね」

私は我に返り、父に促されてソファーへ移動した。

ここで私がニコルを捜しにいったら計画が台無しになってしまう。きっと彼女は大丈夫だ。今はそう信じるしかない。

父の正面に座ると、すぐに使用人がハーブティーを用意してくれた。ハーブの優しい香りを吸い込むと少しだけ心が落ち着く。

「私も先ほど聞かされたばかりなのだが、やはりルシアノ殿は貴族の家に身を隠していたそうだ」

父の話によると、彼を匿っていた貴族からバルティス王宮に報告があったとのこと。ルシアノは宿泊所に泊まったらすぐに居場所を特定されてしまうと警戒して、学園時代の友人の女性のもとに身を寄せていたらしい。その女性の話によると、ルシアノは「自分の婚約者が騙されて強引に結婚させられそうだから、助けるためにこの地に来た」と言っていたそうだ。

しかし、彼女は私が王太子であるヴィムの婚約者になったことをすでに知っていた。ルシアノの企みが大事になるのではと心配して、彼女の父親である伯爵に相談し、しばらく監視をつけることになったという。

監視役にあとをつけさせていると、ルシアノが街で柄の悪い男たちとなにかを話し、金品を差し出している場面に遭遇した。よからぬ企みをしているのではと思い、すぐにバルティス王宮に報告したとのことだ。

「ずさんすぎるわ。行き当たりばったりで行動しているようにしか思えない……」

「それだけ切羽詰まっているということなのだろう」

実の父であるツェルナー侯爵から見放されて自暴自棄になっているのだろう。だとしたら、今のルシアノは相当危険ではないだろうか。嫌な予感が膨らむ。

「ニコルはこのことを知っているのですか？」

「私と一緒にこの話を聞いていたから知っている。それと一つ朗報がある。ルシアノ殿が雇ったごろつきどもはすでにバルティス兵によって確保されたそうだ」

「よかった……。ルシも捕らえられたの？」

「いや、ルシアノ殿は別行動をしているらしく、まだ潜伏中だそうだ」

「ルシ一人なら、捜索してその場で捕まえればいいのではありませんか？　バルティス側が協力してくれているのであれば簡単に見つかりそうな気がしますが……」

「そうかもしれないが、アリーを狙ったという確たる証拠があれば言い逃れはできなくなる。アリーだって、いつまでもルシアノ殿の影に怯えたくはないだろう？」

「私のために……」

言い逃れできないように、わざと泳がせているということだろうか。

「突然アリーと殿下の婚約が決まったときは、殿下はただ優秀なお前を傍に置いておきたいだけだと思っていたが、どうやらそれは私の勘違いだったようだ。アリーは本当に殿下に愛されているんだね。それを知って父親としてとても安心したよ」

父の顔は先ほどの厳しい表情から一転して、娘を思う優しいまなざしになった。家族にヴィムのことを認めてもらえて嬉しくて、私は「はい」と呟いた。

「今思うと、アリーには苦労ばかりかけて父親としてなにもしてやれなかった気がする。妻にも強く言えず、ずっと窮屈な思いばかりさせてしまって申し訳なかった」

父は表情を曇らせたあと、私に頭を下げた。

「謝らないでくださいっ！　お母様はたしかに私には厳しかったけど、愛情を感じなかったわけではありません。頑張っていたらちゃんと褒めてくれました。だから、私……勉強するのは嫌いではなかったです」

私は過去を思い出して答えた。父の言う通り、窮屈だと感じたことは何度もあったし、母から厳しいことを言われて落ち込んだこともある。

けれど、邸《やしき》に籠ってひたすら勉強ばかりしていた日々は、今しっかりと実を結んでいる。もし、過去が違っていたらヴィムに認められることはなかっただろうし、婚約なんてしていなかったはずだ。きっと、幸せを感じるのが少し遅れただけ。

「今までの人生を後悔したことはありません」

私は胸に手を当てて微笑んだ。打たれ強くなったのも、辛い過去を乗り越えられたからだ。

「そうか……。アリーの幸せを誰よりも願っているよ。私もアリーを見習って、彼女とちゃんと向き合ってみようと思う。時間はかかるかもしれないけど」

「お父様はいつもお母様のことを大切にしていました。そのことはお母様にも伝わっているはずです」

「ああ、そう願うよ。話は変わるが、アリーはニコルのしたことを許せるのか?」

父は心配そうに私のことを見つめた。きっと、ずっと気がかりだったのだろう。

「裏切られたと知ったときはショックでしたが、今はニコルにも幸せになってほしいと思っています。あの子、まだルシのことが好きみたいだけど、できれば他の人と……」

「私もそれは考えている。今回のことが目を覚ますいい機会になってくれればと思うんだが……」

父も考えていることは同じようだ。一度でも浮気をするような人間は今後何度だって簡単に繰り返すだろう。それに一連の目に余る行動を見ていたら親として反対するのは当然だ。

「ニコルはまだ戻ってこないけど、大丈夫かしら……」

「今目立つ行動はできないから、戻ってくるのを待つしかないな」

私たちは扉のほうを眺めてニコルの無事を願った。

◆◆◆

「ヴィム殿下、アリーセ様は無事に待機室に避難されたようです」

「そうか。それならば私も移動する」

彼女の移動が無事に完了したと聞いて、ひとまず安心した。待機部屋には戦闘に慣れている従者を数名配置してある。もしもの事態が起こったとしても彼らが速やかに対処してくれるはずだ。

「ヴィム殿下には護衛を付けなくて本当によろしいのですか？」

「ああ、敵の狙いは私ではないからな」

ルシアノが雇った人間はすでに全員捕らえたと聞いている。もしあの男と鉢合わせたとしても、私も護身術を心得ているので対処は可能だろう。

そして、最終的にこの部屋に残るのはアリーセの囮《おとり》役と、使用人の格好をしている護衛二名。

それから――

ほとんどの従者は窓から出ていき、最後の一人が部屋に入ってきた。それを確認すると護衛が急いで窓を閉じてカーテンを引いた。

「殿下、今回は私の意見を聞き入れてくださり、ありがとうございます」

そこに現れたのはアリーセの妹、ニコル嬢だった。彼女はフードを下ろすと深々と頭を下げた。

「覚悟は決まったのか？」

「……はい」

鋭い視線を向けると、彼女は一瞬戸惑った顔をしたが、静かに頷いた。

「お前の望みを聞き入れるのはこれが最初で最後だ。失敗したとしても次はない」

「分かっています！　そのつもりで頑張りますので……」

私の厳しい言葉に怯《ひる》むことなく、彼女ははっきりと答えた。わずかに手が震えているようだが覚悟を決めたように見える。

「彼女の説得がうまく行かなかった場合は、予定通りルシアノを捕らえてくれ」

「かしこまりました」

護衛には、ルシアノが抵抗した場合は多少手荒な手段をとっても構わないと伝えてある。護衛にそう告げると、私は部屋をあとにした。

廊下に出るとそこは静寂に包まれていて、自分の靴音だけがコツコツと鳴り響く。

パーティーがはじまる前、ニコル嬢と話をした。婚約を白紙にされた今でも、あの男への未練を断ち切れないと言っていた。ちなみにこのことはアリーセには伝えていない。

正直、私にとっては、ニコル嬢のことなどどうだってよかった。アリーセは妹と仲直りができて喜んでいたが、一度は裏切った事実がある。好きな男を守るために再び裏切ることもあるかもしれない。

そこで私はニコル嬢に問いかけた。

『アリーセと姉妹でいることと、ルシアノとの関係修復と、どちらを優先したいのか』

ニコル嬢はすぐには答えなかった。

返答によってはルシアノ共々彼女も切り捨てるつもりでいた。再びアリーセを傷つける存在になるのであれば、それは敵であり排除対象になるだけ。私が大切なのはアリーセであり、彼女を守るためならばなんだってする。

少しの間のあとニコル嬢は言った。自分がすべての原因を作った張本人だから、ルシアノを説得する機会がほしいと。そして、すべてが終わったあと自らも処分を受けると答えた。

彼女の意思がどれほどのものか知るために、最後にチャンスを与えることにした。説得に失敗したとしても、従者がルシアノを捕らえることになっているので大した問題にはならないだろう。

そんなことよりも、こんなときにアリーセの傍にいられないことがもどかしくてたまらない。

(こんなにアリーセの存在が大きくなっていたとはな……)

◆◆◆

殿下が部屋を出ていくのを確認すると、少しだけ肩の力が抜けた気がする。

(あの王子、やっぱり苦手かも。怖いわ……。お姉様はどうして一緒にいて平気なんだろう)

「ニコル様、よろしければこちらで一緒に座りませんか？」

私が窓際に突っ立っていると、お姉様の囮《おとり》役をしている使用人が声をかけてきた。今は誰かと話をしていたほうが落ち着くと思い、使用人の隣に腰かける。

「今、お茶の準備を……」

「自分でやるわ。あなたはお姉様の身代わりなんだから、そんな姿をルシ様に見られたら速攻でバレるわよ」

私が呆れると、彼女は「あ……」と苦笑した。

(そう言えば、この子って使用人なのよね)

私はポットを持ち上げ、空いているカップにお茶を注ぐ。ふわりと鼻を掠める優しいハーブの香りに少しだけ心が和む。

「ニコル様はすごいですよね」

「なにが？」

「説得するっておっしゃってましたから。怖くはないんですか？」

「怖いわ。だけど自業自得だから……。それより、あなたのほうこそ怖くないの？　急に囮《おとり》なんて頼まれて嫌だったでしょ？」

「たしかに怖いですけど、あちらの二人が絶対に守ると約束してくれました。それに、こんなに素敵なドレスを着られて悪いことだけじゃないなって思っています。今回のことで特別手当も支給されるみたいだし。私としてはありがたい限りですっ！」

彼女の呑気な発言に拍子抜けしてしまう。けれど、無理やりやらされているのではないと知って少しだけ安堵した。

こんな役をやらせることになったのは間違いなく私のせいである。多くの者を巻き込んで何人かの人生を滅茶苦茶にしてしまった。だからこそ、少しでもルシ様の処分が軽くなるように、事が大きくなる前に説得しなくてはならない。せめてもの罪滅ぼしとして。

俯《うつむ》いてそんなことを考えていると、不意に手の甲が温かくなった。顔を上げると、彼女が微笑みながら「大丈夫です」となぜか励ましてくれる。それが妙におかしく思えてクスクスと笑ってしまう。

そんなときだった。扉がガチャリと開く音が鳴り響いた。

その瞬間、全身に緊張が走る。私たちは扉に背を向けて座っているので、誰が来たのかは正直分からない。けれど、ここに来るのはルシ様しかいない。心臓の音がバクバクと鳴り響き、緊張で体が勝手に震える。隣に視線を向けると、彼女は完全に固まり青ざめた顔をしていた。

先ほどまであんなに呑気だったのは、きっと怖いのを必死に我慢していたのだろう。そんなことを考える間もコツコツと靴音が近づいてくる。研ぎ澄まされた私の耳は、その足音をしっかりと捉えていた。そしてソファーの前で足音はぴたりと止まった。

「アリー、迎えにきたよ」

その声は紛れもなくルシ様のものだった。

(どうしよう、どうしようっ……‼)

説得しなければならないのに、緊張と恐怖で頭の中は大混乱だ。とてもじゃないけど声を出すなんて無理だ。

ルシ様に再び拒絶されるのが怖い。私が説得に失敗すれば、彼は反逆罪で処刑されてしまうかもしれない。そんなのは絶対に嫌だ。彼を救えるのは私しかいないのに。

「アリー、さっきから黙ったままでどうしたの？　僕だよ。君の婚約者の……」

先ほどからまったく反応しない彼女に痺《しび》れを切らしたのか、再びルシ様は声をかけた。私は深呼吸すると、ゆっくりと振り返る。

「ルシ様、なにしに来たんですか？」

「……ニコル？　どうして、君がここに」

ルシ様は私の姿を視界に捉えると、目を丸くしてぽつりと呟いた。

「私は……、お姉様の護衛でここにいます」

私は咄嗟の思いつきでそう答える。するとルシ様は目を細めて、私のことを観察するようにじっと見つめた。

「もしかして、父上に頼まれて僕の邪魔をしにきたの？」

「えっ？」

「僕はもう侯爵家を捨てたのだから、あの家とはなんの関わりもない。そして君とも婚約解消したはずだ。それとも、この期に及んでまだ僕の邪魔をするつもりなの？」

「それはっ……」

ルシ様は嫌悪感をにじませた冷たい瞳で私のことを拒絶した。責めるような眼差しに胸がズキズキと痛くなる。まるで邪魔者を見るような視線で、彼に恨まれていることがはっきりと分かった。どこかで覚悟していたことだけど、実際に目の当たりにすると目の前が真っ暗になるくらいショックだった。

（やっぱり私のこと、恨んでいるんだ。当然よね……）

心の中で少しだけ期待していた。婚約を解消したことを後悔しているのではないか、私のことをもう一度考え直してくれるのではないかと。ルシ様は優しいから同情でも私に手を差し伸べてくれるんじゃないかと。

（私は本当に馬鹿だわ……）

それは完全に私の都合のいい妄想だった。今のルシ様の目を見れば一切そんな感情を持っていないことはすぐに分かる。

「ニコル、これ以上余計な手間をかけさせないでほしい。君はアリーの妹だから手荒な真似はしたくないんだ」

「どういう意味ですか？」

私が震える声で呟くと、ルシ様はため息を漏らし扉のほうに視線をやった。

「アリーを連れ戻すために仲間を雇ったんだ」

ルシ様の声に余裕があるのは、仲間がいるという安心感からなのだろう。けれど、その仲間はすでに全員捕らえられている。

（まだ、そのことには気づいてないのね。だったら、油断させておいたほうがいいのかも……）

私は部屋の端にいる使用人たちに視線を向けた。彼女たちは気づかないふりをして大人しく控えている。私が説得している間は静かに様子を見守ってくれるのだろう。

（怯《ひる》んだら負けよ。私はなんのためにここにいるの？　しっかりしないと……）

揺らぎそうになる自分を叱咤する。今は自分のやるべきことを見失うわけにはいかない。これは最初で最後の私に与えられたチャンスなのだから。

「お姉様はもう、ルシ様の婚約者ではありません！」

「あの婚約は強引に決められたものだ。そうだよね？」

ルシ様は囮《おとり》役の彼女の背中に問いかけたので、私は間髪を容れずに「そんなことないわっ！」と答えた。

「ニコル、君には聞いていないよ」

「だって本当のことだもの。お姉様は殿下と心が通じ合っているわ。私、この目ではっきり見たの！　お姉様はもうルシ様のことなんてこれっぽっちも思っていない。信じられないかもしれないけど、私がルシ様と恋人同士だったとき、お姉様もすでに殿下とそういう関係だったのよ……、きっと」

私が必死になって伝えていると、突然ルシ様が笑い出した。

「ふふ、あはは……。本当にニコルは嘘ばかりつくね」

「私は嘘なんてついてないわ！　本当にこの目で見たんだから……」

「アリー、ニコルが言ったことは本当なの？　僕は君の言葉を信じるよ」

彼女はその問いかけにも答えない。一言でも声を発すれば偽物だとばれてしまうからだ。そしてその瞬間、私の説得も強制的に終わってしまう。

「お姉様はルシ様とは話したくないそうです」

私はルシ様の前に立って、二人の間を隔てる壁になった。

「だから、ニコルには聞いていないよ。いい加減、僕の邪魔をするのは止めてもらえないかな？これ以上邪魔をするつもりなら僕にも考えがある」

「なにをするつもりなの？」

私が震える声で問いかけると、ルシ様は服の中からなにかを取り出す素振りを見せた。鞘のようなものが見えて、私は慌ててルシ様に抱きつく。こんなものを奥にいる護衛に見られたら、すぐに捕らえられてしまう。

「ニコル、なにをしているの？」

「ルシ様、お願い……。そんな物騒なもの、こんな場所で出さないでっ！」

「ニコルが邪魔をしなければこんなものは使わない」

「ルシ様、お願いです。考え直してくださいっ！　こんなことをしてただで済むと思っているんですか？　相手は王族ですよ？　逃げ切るなんて絶対に無理。今なら……、今ここで思い留まれば、酷いことにはならないはずだからっ」

「愚問だな。僕はすべてを捨ててここに来たんだ。アリーさえ手に入れれば、きっとなにもかもうまくいく。僕たちは離れていては駄目なんだ。一緒にいないと幸せにはなれない……」

ルシ様は私の説得には一切耳を貸さず、私の両肩を掴むと強引に引き剥がした。

（どうしよう、全然分かってもらえない。このままじゃ、ルシ様を止められない……！）

私は再びルシ様に抱きついた。

「ニコル、いい加減にしてくれ！」

怒号と同時に強い力で突き飛ばされ、その衝撃で私は倒れ込んだ。慌てて護衛のほうを見て、『まだ待って』と視線で訴える。倒れたときに打った足の痛みを感じながらも、ゆっくりと立ち上がり、再びルシ様の前に立ちはだかる。

「お願い、考え直して……」

「本当にニコルは僕にとって疫病神だな」

苛立つルシ様の口から耳を疑うような台詞《せりふ》が聞こえた。

（疫病神……）

その言葉を聞いた瞬間、目の奥が熱くなった。

「……い、今のは失言だ。ごめん」

ルシ様は私を見てハッと我に返ると、ばつが悪そうに視線を泳がせた。

これがルシ様の本音なのだろうか。こんなに酷い言葉をルシ様の口から聞いたのは初めてだ。侯爵にすべて暴露したときも、私のことは一切責めなかったのに。それどころか私から迫ったことを誰にも話さなかった。

（一度でも、私のことを好きだと思ってくれたときはあったのかな……）

私の視界は涙で滲んでいた。溢れ落ちた涙が頬を伝って床にぽたぽたと落ちる。

「ニコル、酷いことを言ってごめん。だけど、僕はどうしてもアリーじゃないと駄目なんだ」

ルシ様は辛そうな声で呟くと、私の前をすり抜けた。

（今の私の力じゃルシ様を止めるなんて無理だ。ごめんなさい、ルシ様……）

諦めかけたときだった。突然、バンッ！　と激しい音が鳴り響き、扉が開いた。

◆◆◆

あれから時間が経過したが、ニコルが戻ってくる気配は一向にない。私はそわそわして先ほどから扉のほうばかり気にしていた。

（お願い、無事でいて……。どうして、周りはニコルが出ていくのを止めなかったの……？）

我慢の限界を迎えた私は、傍にいる使用人に目を向けた。父はきっとなにも答えてくれないだろう。しかし、使用人ならばどうだろう。

「あの……」

「アリーセ様、どうかなさいましたか？」

私が声をかけると、使用人はすぐに返答した。

「あなたはずっとこの部屋にいたのよね？」

「はい、アリーセ様が来られる前から待機しておりましたが」

「ニコルが、私の妹がどこに行ったか聞いてない？」

私の質問に使用人は急に焦ったように瞳を泳がせた。そして、奥にいる従者に助けを求めるような視線を送っている。

「居場所を知っていたら教えて」

「そ、それは……あの……」

私は厳しい口調で再度問い詰めた。決して使用人を責めているわけではないが、早くニコルの行方を知りたくて強めの声を上げてしまう。その様子を見ていた従者が近づいてくる。

口籠る使用人の代わりに、父が口を開いた。

「アリー、そのことなんだが……」

「プラーム伯爵」

しかし、すぐに従者によって父の言葉が遮られる。

(なに……？　私に聞かれたらまずいことなの？)

こんな態度を見せられると、ますます気になってしまう。そして嫌な予感が次第に大きくなる。

「お父様、ニコルがどこにいるのか本当はご存知なんですか？」

「……それは」

従者に鋭い視線を向けられた父は狼狽《うろた》え、再び口を閉ざしてしまう。

「知っていることがあるのなら教えてください。ニコルの身になにが起こっているのですか？」

私は父に聞くのを諦めて、従者に問いかける。

「ヴィム殿下より、アリーセ様には伝えるなと言われております」

「は……？　ヴィムが……？」

「あなた様を危険に晒《さら》さないためです」

「それって言い換えればニコルは今危険な状態にいるってことですよね？」

私の問いかけに従者は黙ったままだ。

(否定しないのね……)

ここにいる者たちはヴィムの命令に従っているだけだ。私がいくら問い詰めてもきっとなにも答えてくれないだろう。一切顔色を変えない従者を見てそれがはっきりと分かった。

それならばと思い、席を立ち父の隣に移動した。

「お父様、教えてください！　ニコルに危険が迫っているのなら早くなんとかしないと！」

「危険と言われたらそうかもしれないが、ルシアノ殿もニコルに手を上げることはしないはずだ」

「ちょっと待って。ニコルは、ルシのところにいるの？」

「……それは」

父は口籠り、私から視線を逸らした。ここにいる者たちはみんなそれを知っている。知らないのは私だけなのだろう。そう思うと苛立ちを覚える。

「……分かったわ」

私はそう呟いて勢いよく歩き出した。父は慌てて私に手を伸ばした。

「アリー、待ちなさい。一体どこに行くつもり……っ⁉」

父が私に触れようとした瞬間、バチッと電気が走るような音が響いた。

(また静電気……？　さっきヴィムといたときはなにもなかったのに……)

疑問に思ってもう一度父に触れようとすると、再びバチッと衝撃音が響く。

「……くっ、これは一体なんなんだ」

私には一切衝撃は伝わってこないが、父には少なからずダメージがあるようだ。今までの出来事を思い返していると、ヴィムとバルティス王子の意味深な会話が頭に浮かんだ。

(握手しようとしたとき、二人とも変なことを言っていたわね。もしかして……)

私は胸元にあるペンダントに触れる。あのとき、ヴィムは『まじないをかけた』と言っていた。ニコルも父も、おそらくバルティス王子も私には触れられなかったが、ヴィムだけは平気だった。

(これって……そういうこと？　これがあれば、ニコルを助けにいけるかもしれないわ！)

私の考えは間違ってない気がする。ヴィムはこのペンダントになにか術をかけたのだろう。それが効いているから彼以外私に触れることができなくなっている。

「おそらく、ヴィムが私にかけてくれた魔術が原因だと思います。これならルシも私には触れられないはず。私、ニコルを助けにいきますっ！」

「アリー、なにを言っているんだ。そんなこと許可できない！」

「お父様は娘が危険な目に遭っているかもしれないというのに、なにもしないでただ待っているおつもりですか？　ニコルになにかあっても平気なんですか？」

「そんなことはないっ！　私だって心配だ。だけど、これはニコルの願いでもあるんだ……」

父は掌をきつく握りしめ、苦しそうに表情を歪めて話しはじめた。

「ニコルは自分がルシアノ殿を破滅させたと思い込んでいるようだ。それでヴィム殿下に頭を下げて頼んだんだ。自分がルシアノ殿を説得して穏便に事を済ませると。うまくいったらルシアノ殿の刑を少しでも軽くして、残りの罰はすべてニコルが受けると……」

「そんなっ……。まさか、お父様はそれを受け入れたのですか⁉」

私は驚きのあまり声が震えた。

「私だって、できることならそんな馬鹿げた提案は止めたかった。だけど、あんなに必死に頼み込むニコルの姿を見たらなにも言えなかった……。きっとニコルは私たちが思っている以上に自分を責めているのかもしれない……」

たしかにニコルは自分の気持ちを強引にルシアノに押しつけたかもしれない。けれど、それを受け入れたのはルシアノ自身なのだから、彼女だけが悪いわけではないはずだ。それにニコルはちゃんと過ちを認めて後悔し反省までしている。

それに比べてルシアノはどうだろう。自分がしたことを正当化して、非を認めるどころかすべて他人のせいにしようとしている。当然、反省などしていない。

（もっと早くにルシの本性に気づいていたら、私もニコルも傷つくことはなかったかもしれない）

過去のことを悔やんでもどうしようもないことは分かっている。けれど、考えてしまう。

（ニコルは姉である私が守ってみせる。それにヴィムが私にかけてくれたこのおまじない、少しできすぎている気がするけど……。こうなることを最初から見越していた……？）

さすがにそれは考えすぎなのかもしれない。こんなことを考えている間にも、ニコルは窮地に陥っているはずだ。今は彼女を助けにいくことが最優先事項なことには変わりない。

「私、ニコルを助けにいきます。みなさん方も一緒に来ていただけますよね？」

私は落ち着いていた。ルシアノへの怒りが不安と恐怖を上回ったのだろう。そして妹を絶対に助けたいという思いが背中を押す。

「あなたの護衛が私たちにとって最優先ですので」

「いいのか……？」

彼らはあっさりと受け入れたが、父だけはまだ困惑した顔をしていた。

「お父様、私はもう後悔したくないのです。行ってきます」

私が自嘲気味に笑うと、父はきょとんとしていた。

（なんだかヴィムにしてやられた気分だわ。ルシに文句を言う機会を与えてくれたってことなのね）

待機室を出ると、すぐに隣の部屋の扉を勢いよく開けた。バンッと激しい音が鳴り響く。

私はいち早く状況を知りたくて、室内をぐるっと見回した。すると、驚いた顔でこちらを見ているルシアノと、目を真っ赤に腫らしているニコルが目に入った。

「……アリー？」

ルシアノは幽霊でも見るかのような顔で私を見た。それは当然だ。すぐ傍に私と同じドレスを着ている人間がいるのだから。

(混乱していて身代わりが私でないことにはまだ気づいてなさそうね……。よかった)

それならまだ囮《おとり》役に敵意は向けられていないはず。ニコルが必死にルシアノの興味を惹きつけてくれたおかげで、どうやら間に合ったようだ。ニコルも私と同様に囮《おとり》役を危険な目に遭わせたくなかったのだろう。

「お姉様、どうしてこちらに……。お父様まで」

「ニコル、無事でよかった。ここから先は私が頑張る番よ」

私はつかつかと部屋の奥に進み、ニコルの前に立つと、「もう大丈夫だから」と呟いた。その瞬間、彼女の瞳から大粒の涙が零れ落ちる。私は触れることができなかったけど、すぐに父がニコルを抱きしめた。

「ニコル、すまなかった。こんなこと、やはり止めるべきだった。怖かったよな」

「ううっ、お父様っ……」

父に抱きしめられたニコルは、周りを気にすることなく泣きじゃくった。父は彼女を連れて扉のほうへ移動する。私はルシアノの興味を惹きつけるため、侮蔑を込めて冷たい視線を送り続けていた。

目の前にいる男は私の知っているルシアノではない。優しかったあの頃の、思い出の中の彼はもういない。妹を泣かせて自分勝手な行動を繰り返す、どうしようもないクズだ。

「一体、どうなっているんだ。アリーが二人……？」

「そこに座っているのは私の身代わりよ。ルシがここに来ることは分かっていたから、罠を張らせてもらったの」

淡々と説明するが、彼は未だにこの状況が飲み込めないようだった。

「そうそう、ルシが雇った柄の悪い者たちは、すでに捕らえられたと聞いたわ」

「なっ……！　そんなバカな、どうしてバレたんだ」

ようやくルシアノは事の経緯を理解したようだ。動揺する彼の姿を眺め、私は呆れてため息を漏らした。

「ルシが利用しようとしていた令嬢が、すべてバルティス側に報告したのよ。ニコルがいち早くそれに気づいてくれたおかげで、あなたを罠に嵌める時間が作れたわ」

もし、なにも知らないままパーティーに参加していたらと思うとぞっとする。私は今頃ルシアノに捕らえられていたのかもしれない。

「くそっ、どうして僕ばかりうまくいかないんだ。あの女も僕を嵌めたのかっ……」

彼は悔しそうにソファーを叩いた。その音に驚いた囮《おとり》役の使用人が、ルシアノのほうを振り向いてしまう。

ルシアノは初めて見る別人の顔に「ははっ」と乾いた笑みを漏らした。

「最初に利用しようと企んだのはルシ、あなたのほうよ。完全に自業自得じゃない」

「そんな目で僕を見るなっ！　……すべてはアリーのためにやったことなんだ。それなのに、君は僕を責めるのか？」

私が哀れみの目で見ていると、ルシアノは取り乱したように叫びだした。彼の豹変した態度に驚き体が震える。でも、『こんな男なんて怖くない』と自分に言い聞かせて、きつく睨み返した。

「勝手に私のためって言うのは止めて。迷惑よ」

「ああ……、アリーまで僕を見捨てるのか？」

「見捨てる？　最初に裏切ったのはルシのほうじゃない。ねえ、今の気持ちってどんなもの？　辛い？　悲しい……？　私もニコルもよく知っているわ。あなたにそうされたのだから」

「……くっ、……ごめん」

ルシアノは苦しそうに表情を歪めると、擦れた声で謝った。

「謝っても許さない」

私は冷たい声で言い放つ。過去を反省する時間は何度もあったはずだ。それなのに、彼はその機会をすべて無駄にした。傷ついた側の気持ちなんて考えたこともないのだろう。

「すべてニコルのせいだ。ニコルが余計なことさえ言わなければ、僕は今頃アリーと……」

今度はブツブツと独り言のように呟きはじめる。その態度に私は呆れ果てた。

「もういいわ。話すだけ時間の無駄のようね」

「……まだだ。まだ終わってはいない。僕はアリーと新しい人生をはじめるんだ！」

ルシアノは自分に言い聞かせるように呟くと、傍にいた囮《おとり》役の腕を強引に掴んだ。そして服の中に潜めていた短剣を取り出し、鞘を投げ捨てる。

彼女の顔は恐怖で青ざめていた。

「ルシ、止めて！　その子は関係ないはずよ！」

「だったら、アリーが身代わりになる？　僕だって誰かを傷つけたいわけじゃない」

ルシアノは口元を歪ませ不敵な笑みを見せた。それを見て背筋に寒気が走る。

「ルシ様、止めて！　これ以上騒ぎを大きくしたら、本当に処刑されてしまうかもしれないっ！」

「ふっ、どうせなにをやっても逃げられないんだ。だったら、最後に大きな賭けに出るしかない。

アリー、彼女を傷つけられたくないのならこっちに来て」

緊迫した室内にニコルの悲鳴が響く。ルシアノは口元を歪めていて、まるでこの状況を愉しんでいるように見える。

「分かったわ。私がそっちに行くから彼女は解放して」

「アリー、駄目だ」

私が静かに答えると、父がすかさず反論する。

「私ならきっと平気よ」

私は微笑んで答えた。

きっとルシアノは私には触れられない。そう分かっていても、恐怖が消えるわけではない。目の前にいるのはなにを言っても通じない、狂ってしまったルシアノだ。そして凶器を持っている。それを前にして平然を装えるほど私は強くはない。

けれど、ここで護衛が動き出せば、短剣で彼女が傷つけられる可能性がある。なんとかして彼女を安全圏まで移動させなければならない。そうすれば、すべてが決着する。

（もう誰も傷つけさせない……！）

私はそう強く誓うと、一歩ずつルシアノに近づいていく。足は震えて重く感じる。

「アリーは物分かりがいいね」

彼は不敵な笑みのまま、どこか満足そうに私を見た。

彼の目の前に立つと、ルシアノは彼女の腕を放した。しかし、彼女は恐怖で体が固まっているのか解放されてもその場から動かない。

（どうしよう……。このままだと危険だわ。こうなったら、仕方ない……）

私は「ごめんなさい」と謝罪の言葉を述べると、彼女の体を扉のほうへ押し飛ばした。

「きゃっ……！」

一瞬バチッという衝撃音が響いたが、悲鳴によって掻き消された。彼女は地面に倒れてしまったけど、すぐに体を起こした。

（痛かったわよね……。ごめんなさい。だけど、とりあえずこれで安心ね……）

ちょっと乱暴だったけど、ルシアノから遠ざけることには成功した。

「ああ、アリーだ。僕の可愛い、アリー……」

ルシアノは狂気を滲ませた声で、何度も私の名前を囁く。それが気持ち悪くて仕方がない。

彼の手が伸びてきて私の頬に触れようとした瞬間だった。

「そこまでだ」

鋭い声が室内に響き渡る。そこには今最も会いたかった人物が立っていた。

「ヴィム殿下」

従者たちはヴィムに気づき頭を下げた。彼のほうを見ていると自然と目が合い、その瞬間ヴィムは優しい表情を浮かべた。まるで「もう安心していい」と言われたみたいで、金縛りにかかったように固まっていた足が軽くなった。

「くそ、せっかくうまくいきそうだったのに……。ここで邪魔されてたまるか」

私がヴィムに気を取られていると、苛立ったルシアノの声が聞こえた。嫌な予感がして離れようとした瞬間、バチッと衝撃音が響く。

「な、なんだ？　……うわっ！」

ルシアノは衝撃を受けながらも再び私の腕を掴もうとする。彼が強い力を込めようとすると、さらに大きな衝撃音がして、彼は叫び声を上げた。

「うっ、くそっ……、なんで……っっ!!」

彼はそれでも諦めようとせず、何度も私の腕を掴もうとするが触れることはできない。

「何度試しても無駄だ。今のアリーセには絶対に触れられない」

ヴィムは嘲《あざけ》るような目でルシアノを見た。気づけばヴィムは私の前まで来ていて、「よく耐えたな」と優しい声で言った。それを聞いて緊張の糸が切れ、倒れそうになるが、ヴィムの腕が受け止めてくれた。

「どうして……、どうして僕だけアリーに触れないんだっ！」

ルシアノはヴィムに抱きしめられている私を見て、戦意喪失したのかその場にずるずると座り込んでしまった。

「それは、私が……」

「私が憎む人には触れられないように魔術をかけてもらったの。ルシは今最も憎んでいる相手だから、何度試しても絶対に私に触れられないわ」

私はヴィムの言葉を遮って答えた。

(少しくらい、嘘をついても平気よね……)

「そんなの、嘘だ。僕たちは愛し合っているんだ。アリーは僕だけの……、ぁあああっ!!」

ルシアノが狂ったように叫び出すと、すぐに護衛たちが捕らえた。

「私が好きなのはヴィムだけよ。愛しているのも、傍にいたいのも、ヴィムだけ……」

私はわずかに頬の熱を感じながら、そう呟いた。

(ヴィムの前で変なこと言わないでほしいわ。さすがに誤解なんてしないだろうけど……)

不安を抱きながらヴィムの顔を覗き込むと、すぐに視線が絡み、彼が柔らかく微笑む。

「私もアリーセだけを愛している。アリーセを想う気持ちは誰にも負けない自信があるよ」

ヴィムは私の頬に片手を添えて、顔をゆっくりと近づけてきた。

「ま、まって。ここにはたくさんの人がいるからっ……」

彼との距離が数センチになったところで慌てて声をかけた。逃げようともがいても、しっかりと腰を掴まえられていて動けない。

「俺たちが惹かれ合っていることをみんなに知らしめるのには、ちょうどいい機会かもしれない」

ヴィムは私にしか聞こえない程度の声で囁く。鼓動の音はどんどん激しくなり、頬の火照りもさらに上がっていく。私が戸惑っているとヴィムは微笑み、唇に温かいものが重なる。最初は恥ずかしかったけど、ようやくヴィムに触れることができてほっとした私は、目を瞑《つぶ》りキスを素直に受け入れた。

「や、やめろ……。アリーは僕のものだ！　触るなっ！」

ルシアノは目の前の光景が信じられないといったように暴れているが、護衛にしっかりと捕らえられているので動けない。一度触れた唇がゆっくりと離れていく。

「私の婚約者の名を気安く呼ぶな」

ヴィムに鋭い視線で睨まれると、ルシアノは体を震わせ大人しくなった。

「彼女の姿を見られるのはこれで最後になるはずだ。アリーセ、最後に彼に別れの言葉を送ってやるといい」

「はい。ルシ……、いいえ、ルシアノ。さようなら」

言いたいことはそれ以外思い浮かばなかった。話を聞こうとしない人間に伝えることなどなにもない。これで本当に最後だ。

ルシアノといた時間は長かったので、いいことも悪いこともあった。今では恨む気持ちのほうが大きいけど、感謝していた時期もある。だから酷い言葉は口にしなかった。これ以上、過去の思い出を汚されたくないという思いもあったのかもしれない。

私の言葉を聞いた瞬間、ルシアノの目から涙が溢れた。彼の涙を見ていると少しだが胸が痛んだ。いくら嫌いな相手だとしても、人を傷つければ自分も傷つく。いつかルシアノもその気持ちが分かるようになればいいと思った。

「もういいのか？」

「はい、言いたいことはすべて伝えました」

私が答えると、不意に体が浮き上がり慌てて彼の首に掴まった。

「そういうことだ。あとの処理はお前たちに任せる」

ヴィムは傍にいた従者にそう告げると、私を横抱きにして歩き出した。

第六章　大切な存在

「あのっ、どちらに行かれるのですか？」

「今日は朝から忙しかったから疲れているんじゃないか？　休める部屋を用意してもらったから、今からそこに連れていく」

「たしかに疲れました。でも、無事に解決できてよかった……。ヴィム、本当にありがとうございます。ニコルのことですが……」

ルシアノのことは無事に解決できたけど、もうひとつ大きな問題が残っている。ニコルの処分についてだ。これが解決しない限り、私は本当の意味で安堵することはできないだろう。

「アリーセが心配するようなことにはならないから安心しろ。俺が今回手を貸したのはお前を守る目的があったからだ。ニコル嬢はその手助けをしただけ……。罰する理由なんてどこにもない」

彼の言葉を聞くと不安が薄れて、表情が緩む。

「ヴィム……、本当にありがとうございますっ！　ルシアノに文句を言う機会まで与えてくれて……、おかげで少しすっきりしました」

「なんの話をしているんだ？」

ヴィムは怪訝そうな顔でわずかに目を細めた。

「なにって、おまじないのことです。安全にルシアノに近づけるようにかけてくれたんですよね？」

「まじないはかけたが、お前には待機室で大人しく待つようにと言ったはずだが？」

「で、でもっ！　ニコルをあの部屋に差し向けたのは私を止めに行かせるためですよね？」

私が慌てて質問すると、ヴィムは盛大にため息を漏らした。

「それは完全にお前の勘違いだ」

「ええ!?　うそ！　だったらどうしてニコルを危険な場所に行かせたんですか？」

「あれは彼女自身が望んだことだ。それに俺としてもニコル嬢の覚悟を知りたかった。もう二度とアリーセを裏切らないかどうかを知るために」

「そういうことだったんですね……」

ヴィムはまだニコルのことを完全に信じていなかったのだろう。けれど、今回のことで罰を与えないと言った。ということは、少なくとも疑いは晴れたということになる。

「まったく、危なっかしい婚約者だ。やっぱり閉じ込めておくのが正解かもしれないな」

「……っ、ごめんなさい」

私はしゅんとして謝った。

「……なんてな。今回は俺も傍にいられなかったから、お前だけを責めるつもりはないよ。だけど、お仕置きはするからな。アリーセだって、内心期待しているんだろう？　俺にいじめられることを」

「そ、そんなこと、ないわっ……」

彼は煽るように不敵な笑みを浮かべた。意識すると頬がじわじわと火照るが、顔を背けてごまかす。しかし、こんな至近距離にいたら体温で興奮しているのが分かってしまう。

「耳まで真っ赤だ。本当に嘘をつくのが下手だな」

ヴィムが意地悪そうに耳元で囁いてくる。

「着いたぞ。ここだ……」

ヴィムは一番奥の部屋の前で足を止めると、扉を開けた。カーテンがすべて閉じられているため薄暗い。いくつか置かれている蝋燭の明かりが薄っすらと部屋を照らしている。

中に入ると、ヴィムは迷うことなく奥にあるベッドへ歩いていく。私はドキドキしながらヴィムの首に掴まっていた。胸の音が次第に大きくなり、これからされることに期待が高まる。

「アリーセ、下ろすぞ」

「は、はいっ」

ベッドに到着すると、ヴィムはゆっくりと私を下ろした。彼のことを見つめていると、すぐに彼の顔が近づいてきて唇を塞がれる。触れるだけの優しい口づけではなく、貪るような激しいキスだ。

「んんっ!!」

ヴィムの熱を持った舌先が口内に強引に押し込まれる。上顎の裏をなぞられ、ぞくりと背筋に鳥肌が立つ。だけど、全身の体温は徐々に上がっていく。

「アリーセ、逃げるな」

「はぁっ、んっ……」

私の舌を搦《から》めとり深く吸い上げる。呼吸をするのも忘れ、息苦しくて眉間に皺が寄る。何度も口内を犯され頭の奥が熱でぼうっとする。全身から力が抜け、溶かされるような脱力感が心地いい。

「はぁっ……、はぁっ……」

ゆっくりとヴィムの唇が離れていくと、私の荒い息遣いだけが室内に響いた。

「色っぽい顔に変わったな。綺麗だ」

蝋燭に照らされた表情が普段とは違っているのだろうか。ヴィムは艶のある声で囁くと、首に巻いていたスカーフをするりと抜き取った。

「今日は手を拘束してみようか。そのほうがお仕置きをしているという雰囲気が出る」

「え、ぁっ……ん」

ヴィムは私の耳元で囁き、ちゅっとキスを落としてくる。

「その前に服をすべて脱がさないとな。俺が脱がせてやるから起き上がれるか？」

「私、自分で……」

起き上がりながらそう答えると、「俺の楽しみを取るなよ」と言われてしまう。人に脱がされるのはとても恥ずかしいが、抵抗したところで結局はヴィムの手で脱がされてしまう。毎回愛撫しながら脱がせられるので、一糸まとわぬ姿になる頃には私の肌はヴィムの痕だらけになっている。

「このドレス、簡単に脱がせられそうだ。お前の白い肌を、俺以外の人間が見たと思うだけで腹立たしい。これはすべて俺のものなのに……」

「それはパーティーだから仕方なっ、んっ……」

私が答えようとすると、ヴィムの唇が私の首元に吸いつく。そして舌先で這《は》うように舐められ、ぞくりと体が震える。

「少し触れただけなのに、この体は敏感に反応する」

「……ぁっ」

ヴィムが愉しそうな声を響かせながらゆっくりとドレスを下ろすと、ふわりと胸が露わになった。膨らみを優しく包み込むように触れられると体の中心から甘い快感が生まれて、口元からは吐息の籠った嬌声が勝手に漏れてしまう。

「相変わらずお前の胸はいつ触ってもふわふわで、甘い匂いを漂わせる果実のようだ。先端のここ、すでに尖りはじめているぞ」

「ぁあっ、やぁっ……」

ヴィムはぷっくりと膨らむ突起を、指の腹で押し潰すように触れた。敏感な場所を責められると、痺《しび》れるような感覚に体が勝手に揺れる。

「少し触っただけなのに、どんどん硬くなっていく。もっと刺激がほしいのだろう？」

「あっ、焦らさないでっ……」

ヴィムは舌先を伸ばし突起の周りを丹念に舐めたあと、先端をきつく吸い上げた。チクッとした鋭い刺激を感じるとお腹の奥が疼《うず》き、下腹部からとろりとした熱いものが溢れてくる。

「これはお仕置きだと言ったはずだ。だから、時間をかけてたくさんいじめてやらないとな……」

「んっ、やぁっ」

もどかしくて、懇願するようにヴィムのことを見つめていた。

「可愛らしいおねだりだが、まだだめだ。両手を胸の前に出してくれないか？　痛くならないように緩めに結ぶから」

「……はい」

私は両手を合わせるようにして差し出した。すると彼は先ほど外したスカーフを手に取り、私の両手首に巻きつけきゅっと結んだ。

「こうしていると、今のアリーセはプレゼントのように見えるな」

結び目がリボンになっているので、そのように見えなくもない。ヴィムが変なことを言うから照れてしまう。

「プレゼントなんて言われて、喜んでいるのか？」

「ち、違うわ。でも、私がプレゼントだったら……、ヴィムは嬉しいですか？」

私は咄嗟に否定したくせに、そう問いかけた。

「ああ、嬉しいよ。俺にとって一番大切なものはお前だからな。最高のプレゼントだ」

「……っ、それは言いすぎです」

私は照れているのがバレたくなくて、慌てて答えた。そんなふうに言われたらやっぱり嬉しい。

私にとってもヴィムは一番大切な人なのだから。

ドレスをすべて脱がされ、下着まで剥がされて、私は生まれたままの姿になっていた。

手首にはリボンのようにスカーフだけが巻きついていて、それが妙に恥ずかしい。ヴィムに押し倒され、両手は頭の上で固定されている。

「アリーセ、手はその位置から移動させるなよ」

「やだ、これ……恥ずかしい」

ヴィムは私の耳元に顔を近づけた。

「手を拘束されていると思うと、いつも以上に興奮しないか？」

「たしかに、そうですが……。でも、いつもより恥ずかしい……」

「恥ずかしがるお前の姿を見ていると、それだけで俺は興奮する」

羞恥心を煽られ、鼓動の音がさらに激しくなる。彼の言葉で興奮しているのは紛れもない事実だ。

けれど、そんなこと恥ずかしくて認めたくない。

「本気で嫌がるようならすぐに外してやるから、とりあえずこれで試してみようか」

「……分かりました」

いくら室内が薄暗くても、ヴィムにすべてを見られているのは変わらない。今は手も使えないので恥ずかしい部分を隠すこともできない。羞恥で全身が火照り、中心の疼《うず》きがますます強くなる。

「まずは、真っ赤に膨らんで触れてほしそうにしているここから可愛がってやる」

ヴィムは口端を上げて愉しそうに呟くと、私の胸元に顔を寄せた。主張するようにツンと立ち上がった先端を舌先で突くように刺激したあと、口内に含みいやらしい水音を立てながら執拗に舐めていく。

「ぁあっ、はぁっ、ん……」

深く吸われるたびに私の腰は高く跳ね上がる。

「ずいぶんと気持ちよさそうだな。こうされるのをずっと待っていたのか?」

「ぁあっ、気持ち、いいっ……」

ヴィムは甘噛みをしたり、舌先で転がしたりいろいろな刺激を与えてくる。私は沸き上がる興奮と刺激に酔いしれながら、与えられた快楽に溺れていく。

「そうやってお前は素直に感じていたらいい。こっちも一緒に触ってやろうか。ここももう待ちきれないのだろう?」

「ぁ、だ、だめっ……」

ヴィムは内股を撫でるように触れた。私が焦って手を下ろそうとすると、すぐに頭の上に戻されてしまう。

「手は頭の上だとさっき言ったはずだ」

「で、でもっ……」

すでに奥からは熱いとろりとしたものが溢れてきて、どれだけ自分が濡れているのかを知られるのが恥ずかしくてたまらなかった。

「……ぁっ」

「すごいな。入り口に少し触れただけなのに、もうシーツにも垂れてきている」

ヴィムは秘裂を何度もなぞる。少し触れられただけなのにぴちゃぴちゃといやらしい水音が響き、さらに私の羞恥心を掻き立てた。

「言わないでっ……」

「本当にいやらしい体だ。今日は手を拘束されているから余計に興奮しているのか？　快楽に素直なお前は本当に愛らしいよ」

ヴィムはうっとりとした顔で呟くと、ゆっくりと指を蜜口の奥に埋めていく。たっぷりと潤っているので簡単に飲み込まれ、浅い場所を掻き混ぜられると、さらに淫靡《いんび》な音は大きくなった。

「ぁあああっ、だ、だめっ……」

「すごい音だ。どれだけ自分が濡れているのか、さすがに分かるよな？」

彼の指は内壁を擦りつけるように激しく動き回り、私の体温は一気に上昇する。突然の強い刺激に頭は真っ白になり、息をするのも忘れてしまいそうだ。絶頂まではきっとすぐだろう。

「ずっと我慢していたんだろう。遠慮なく果てていいぞ」

「ぁあああっ!!」

私は悲鳴とともに呆気なく果ててしまうが、ヴィムの指の動きはまだ止まる気配はない。達したあとも激しく中を掻き混ぜられ、彼の指を締めつけながら体をビクビクと震わせていた。

「だ、だめっ、お願い、そんなに激しくしたら……」

「お前は連続でイけるだろ？　遠慮することはない」

生理的に溢れる涙で視界はぼやけていたが、意地悪な声が聞こえてきて嫌な予感がした。彼はいつも以上に私をいじめるつもりなのだろう。

「いやっ、ぁあっ……ぁああっ!!」

「俺の指をそんなに一生懸命締めつけて本当に可愛いな。ああ、悪い……。アリーセが乱れている姿に見惚れて胸への愛撫が止まっていた」

彼は顔を先ほどとは反対側の胸に移動させると、ぷっくりと膨らんだ先端を唇で挟み、ちゅっとわざと音を立てて何度も吸い上げた。逃げようと腰をくねらせても、組み敷かれているので逃げ場などどこにもない。

「もう限界か？　ぎゅうぎゅう俺の指を締めつけて、まだ足りないっておねだりしているようだ」

「ち、ちがっ、体が、勝手に……ひぁああ‼」

入り口付近を責めていた指が急に深いところまで入ってきて、私は悲鳴のような嬌声を室内に響かせた。

「アリーセの弱い奥もたくさん可愛がってやらないとな」

「ぁあっ、うぅ……奥、きもち……いいっ」

ずっと触れてほしかった場所をようやく刺激してもらえて、私の口からは吐息に混じった甘い声が漏れる。体中から力が抜け、とても心地いい。快楽の底に沈められて理性を溶かされ、もう気持ちよくなることしか考えられなくなっている。

「快楽に堕ちた姿は淫靡《いんび》でとても美しい。もっと、その艶やかな顔で俺を惑わせて……」

「……んんっ、はぁ、もっと……」

ヴィムは胸を愛撫していた唇を離すと、顔を上げてこちらを見た。そして涙が溜まっている目元を優しくなぞった。少しくすぐったいけど、彼の体温に触れられるだけで心地よかった。視界が鮮明になると欲情した碧色の瞳に囚われ、そのまま唇が重なる。

ゆっくりと唇が離れると、ヴィムは「これはもういらないな」と言って私の手首に結ばれていたスカーフを外した。

「お仕置きは終わりですか……？」

私がきょとんとしていると、彼の口元がわずかに上がり「まだいじめてほしいのか？」と言う。

私は慌てて首を横に振った。

「これからはお仕置きではなく、愛し合う時間だ。アリーセ、愛している」

ヴィムの表情はいつも以上に優しくて、一瞬で心を囚われた私はじっと彼の瞳を見つめた。『愛している』という言葉が頭の中で繰り返され、幸福感に満たされる。

「もうアリーセがほしくてたまらない」

ヴィムは鋭い眼光で私を見つめ、私の手を取って甲にそっと口づける。まるで獲物を狙う獣のような目だ。しかし、私は求められていることが嬉しくて、口元が緩んだ。そんな私の姿を見て、ヴィムは困ったように笑った。

「本当に素直すぎるな、お前って。だけど、そんなところが愛おしくてたまらない」

彼は私の額にそっと口づけ、起き上がって服を脱ぎはじめた。待っている間、私は天井をぼうっと眺めていた。先ほどの愛撫で体は火照っているし、何度も絶頂を繰り返したせいで力が入らない。

このあと、何度もそれを繰り返すことになるだろう。

（今日はずっとヴィムと繋がっていたいわ……）

そんなことを思うのは、今日の彼に惚れ直したからなのだろう。そして私自身、ヴィムの婚約者として務めを果たし、自信を手に入れることができた。それを現実のものとして感じるために、肌を重ねてお互いの想いを確かめ合いたい。

そんなことを考えながら彼を見ていると、不意に目が合い心臓が飛び跳ねた。

「ずいぶん熱っぽい視線だが、もう待てないか？」

「ち、違いますっ！　たまたま目が合っただけで……」

心の中を見透かされた気がして、ふいっと視線を逸らす。彼に背を向けるように横を向いて寝そべっていると、ギシッとベッドが軋む音がして、同時に背中が温かいなにかに包まれた。

「待たせたな」

「……っ、大丈夫ですっ」

ヴィムの腕は私の腰にしっかりと巻きつけられ、硬いものがお尻に当たっている。彼も興奮しているのだと分かると、伝染するように私までドキドキしてきた。

「アリーセ」

「ひぁっ……」

突然耳元で名前を呼ばれ、びくりと体を震わせた。

「こんな体勢をしているのは、耳をいじめてほしいからか？」

「やめっ……ぁっ……」

熱い唇が私の耳に押しつけられ、縁をねっとりとした舌先で丁寧に舐め上げていく。舌の動きを感じるたびに、ゾクゾクとした感覚に襲われてじっとしていることができなくなる。

「いい反応だ。待たせてしまったから、ここも少し可愛がってやろうか」

「はぁっ、耳は、だ、だめっ……」

ヴィムは私の言葉など無視して、耳への刺激を与え続ける。同時に硬く勃ち上がった熱杭を、お尻に擦りつけるように腰を揺らしはじめた。逃げようとしてもしっかりと腰を掴まれているので逃げることは叶わない。

「こうされるのも好きだろう？」

「ぁあっ、気持ちいいけどっ、こんなんじゃ、いや……」

私が求めているものはこれではない。体はヴィムを受け入れる準備ができていて、それを待ち望んでいる。早く熱くなったもので奥を貫いてほしい。その気持ちを訴えるように腰を抱いているヴィムの手をぎゅっと握りしめた。

「焦らして悪かった」

ヴィムは静かに答えると体を起こし、私の体を仰向けに戻した。そして足を畳むようにして折り曲げたあと左右に大きく開かせる。彼の目の前に晒《さら》された蜜壺からは、だらだらと愛液が流れ、入り口はヒクヒクと蠢《うごめ》いている。

「たしかに、この状況で我慢させるのは酷だよな」

「い、言わないでっ……、ぁっ、んぅっ……」

ヴィムは熱杭を蜜口に押し当てると、ゆっくりと中に押し込めていく。

（お腹の奥が熱い……）

ヴィムは根本まで埋めると、ゆっくりと腰を揺らしはじめた。

「ぁっ、……ぁあっ」

彼の腰が動くたびに、中が擦れて蕩けそうな快感に包まれる。

「俺のをしっかり咥えこんでいい子だ」

「ぁあっ、んっ、奥、気持ちいいっ、もっと……」

今の私には理性なんてものはもう残っていないのかもしれない。ずっと求めていた刺激を与えられ、ただ快楽に溺れて悦んでいる。

「お前って本当に快楽に弱いよな。それならどん底まで落として、もっと俺を求める体にしてしまおうか……」

彼は口元を歪めて愉しそうに呟くと、私の腰を掴み激しく奥を揺らすように突きはじめた。

「ぁああっ、いきなり、激しっ……ぁあっ」

「アリーセは激しいほうが好きだろう。お前の望みどおり、奥をたくさん突いてやるから何度でも好きなだけ果てたらいい」

ヴィムが腰を押しつけるたびに、パンッと肌がぶつかり合う音と、ぐちゅっと愛液が絡み合う音が響き渡る。それがとても淫靡《いんび》で興奮してしまう。

「はぁっ、ぁああっ、だめっ……きちゃうっ……!!」

彼の息遣いが荒くなり、無遠慮に奥を責め続けられていると、頭の奥が真っ白に染まる。

（もう、なにも考えられないっ……。でも、こんなに求めてもらえて嬉しい……）

「もう奥に注いでほしいのか？　アリーセは欲張りだな。だけど、そういうところも好きだよ」

ヴィムは奥を激しく突き上げながら、ぷっくりと膨らんでいる蕾を指で押し潰した。追い打ちをかけるように鋭い刺激を与えられ、あっという間に達してしまう。

「ぁあっ、だ、だめっ……ひぁっ、ぁあああっ!!」

「お前って本当にここが弱いよな。少し押しただけで簡単に果てたか」

彼は意地悪な声で呟くと、敏感になっている蕾を指で挟み軽く引っ張り上げて、さらなる刺激を与えてくる。すぐに次の絶頂の波が押し寄せてきて、私は口を魚のようにパクパクさせて嬌声を漏らし続けていた。

「ぁっ、ぁああっ、やだっ、それ、本当にだめ、だからっ……ひぁっ!!」

「だめじゃない。これはお仕置きだってこと、忘れてないか？」

お互いの体がぴったりと重なり、ヴィムは子宮の入り口をノックするように腰を揺らしてくる。その間も蕾への刺激を忘れない。

「おかしく、なるっ、はぁっ……やぁ……」

「アリーセがおかしくなっても、俺が一生傍にいてやるから安心しろ」

目の前に碧色の瞳があり、熱っぽい視線に魅了されているといつの間にか唇を塞がれていた。角度を変えて何度も深い口づけをされて、頭の奥がぼうっとしてくる。

「アリーセがあまりにも締めつけるから俺もそろそろ限界だ。奥に出すからすべて受け止めて」

彼は唇を離すと、荒々しい吐息交じりの声で言った。彼の額からじわりと汗が滲み、頬も少し火照っているように見える。それが蝋燭の明かりに照らされるとやけに艶やかに見えてドキドキした。

私が小さく頷くと、ヴィムの動きが一層速くなった。

「ぁああっ、はぁっ……んんっ！」

「……っく、アリーセ……、出すぞ」

苦しげな彼の言葉とともに、奥に熱い欲望が放たれた。その感覚に満足して私の頬はわずかに緩む。のぼせ上がったときのようにぼうっとしていると再び唇が重なった。ちゅっと音を立てて触れるだけのキスを何度も繰り返す。達したあとの余韻を感じながらのキスは、蕩けるほど甘くて気持ちがいい。お仕置きをされていたはずなのに、ご褒美をもらった気分だ。

「アリーセ、体は平気か？」

「はい……」

ヴィムは何度目かのキスを終えると、心配そうに私の顔を覗き込んでくる。かなり激しく抱かれたが、何度もこんなふうに抱かれ続けたら多少は耐性がつくようだ。

「お仕置きはもう終わりですか？」

私は少し寂しく思えて本音を漏らしてしまう。すると、彼は突然おかしそうに笑いはじめた。

「どうした？　こんなんじゃ物足りないか？　お前、強欲になったな」

「……っ、だって、ヴィムに抱かれるのは嫌いじゃないし……。そのっ、気持ちいいから。いつも何回もする癖に……！」

強欲と言われると恥ずかしくなり、思わずムッとして言い返した。

「そうだな。一回で足りるわけがない。お前も俺に似てきたみたいで嬉しいよ」

彼は満足そうに笑い、私の瞼にそっと口づけた。

「お前が意識を飛ばしても、俺が抱いて連れ帰ってやるから安心しろ。だから、今晩は朝まで愛し合っていようか」

「……はいっ」

そのあと、私たちは何度も深く求め合った。お互いの気持ちを体に刻みこむように。


頬を撫でる風が心地いい。ゆっくりと目を開けると見慣れない天井が広がっていた。

「ん……、ここは……どこ？」

私は寝ぼけた頭で辺りを見渡す。室内に視線を巡らせると、見覚えのない家具が並んでいた。

(たしか……、昨日はパーティーに参加して。それでルシを捕まえて、そのあと……っ!!)

昨日の記憶が蘇ると、顔がカーッと熱くなる。昨日は夜通しヴィムと体を重ねていたことを思い出したからだ。

きょろきょろと辺りを見渡しても、私以外の姿は見当たらない。ヴィムは一体どこに行ってしまったのだろう。

急に心細くなりベッドから抜け出した。汗ばんでいた体はすっきりしていて、おそらく寝ている間にヴィムが綺麗に拭いてくれたのだろう。とはいえ、今の私は生まれたままの姿であり、自分の肌を見ると薄っすらと愛撫された痕が残っている。恥ずかしくなり慌てて傍にあった白いワンピースに着替えた。これも彼が用意してくれたものなのだろう。

（さてと……、これからどうしよう。ヴィムが戻ってくるまで待っていたほうがいいかしら……）

しかし、ここはバルティス宮殿の一室だ。そう考えると急に緊張してきて、悩んだ末に廊下に出ることにした。

昨晩はヴィムに抱きかかえられてこの部屋を訪れたので、道順をあまり覚えていない。けれど、ここは一番奥の部屋で、一本道の通路しかなかったためとりあえずまっすぐ歩きはじめた。

しばらく歩いていると奥に見える部屋の扉が開き、中から見慣れた人物が出てくる。

「ニコル……？」

「あ、お姉様！」

私に気づいたニコルが駆け寄ってきた。

「おはようございます、起きていたんですすね」

「……っ、一応……」

寝坊したことには違いないので、私は苦笑いをしながら答えた。

「お姉様はどこに行くつもりだったんですか？」

「えっと、ヴィムを捜しにいこうと思って……」

「あ、それならもう少し時間がかかるかも。今バルティスの王子とお話し中みたいです」

「そうなのね」

昨日あんな出来事があったばかりだが、ニコルは普段どおり笑顔を絶やさなかった。しかし、よく見ると目元は腫れていて、そんな姿を見ると心配になってしまう。今まで彼女の悩みに気づいてあげられなかったから、これからはできる限り力になりたいと思っている。

「お姉様、殿下が戻られるまでの間、少しお時間よろしいですか？」

「大丈夫よ」

私はニコルを連れて先ほどの部屋に戻ることにした。もし、ニコルと話している最中にヴィムが戻ってきたら心配するかもしれないから。

部屋に入ると、中央にあるソファーに向かい合って座った。

「まずは昨日のことを謝らせてください。またお姉様に心配をかけてしまってごめんなさい。お父様から聞きました。私を助けるために来てくれたって……」

「あ、あれね。ニコルが無事で安心したわ」

(私が早とちりして部屋に乗り込んだことは伏せておこう……)

結果的にうまくいったのだから問題はないはずだ。一人の負傷者も出ることなく、無事に終えることができて本当によかった。

「私、今回のことではっきりと分かりました。ルシ様のことは、きっぱり諦めようと思います」

「ニコルはそれでいいの？」

心配してそう問いかけると、ニコルは微笑んだ。

「はい。これ以上想ったところで私の気持ちは届かないし、ルシ様に拒絶されて目が覚めました。

それと、お父様に説得されて、これ以上ルシ様には近づかないことにしたんです」

「それがいいわ。今回のことは完全にルシ一人の暴走だし、ニコルはそれを止めようとしただけ。だからあなたが罰を受ける必要なんてない」

昨日お父様に酷いことを言ってしまった気がする。ニコルはお父様にとっても大切な娘の一人だ。心配しないはずがない。

（あとでちゃんと謝らないと……）

今回のことでニコルとの関係は修復し、姉妹としての絆も今まで以上に深まった気がする。ルシアノの起こした事件がきっかけで、私たち家族が元に戻るなんて皮肉な話だ。

ニコルと話をしていると、扉が開く音がした。扉のほうを見ると、ヴィムの姿があった。

「あ、ヴィム……」

「起きていたのか」

私が声をかけると、ヴィムが微笑んだ。昨日のことを思い出し、恥ずかしくて頬がわずかに火照った。

「殿下っ……」

ニコルはヴィムを視界に捉えると、慌てて立ち上がった。

「ニコル嬢も来ていたのか」

「ヴィムを待っている間、私の話し相手になってもらっていたの」

「そうか、それならばちょうどいい。二人に話がある」

ヴィムは私の隣に座り、立ったままのニコルに視線を向けた。

「とりあえずニコル嬢も座ったらどうだ」

「は、はいっ……」

ニコルは緊張した様子で答えると、私の正面に座った。それを確認するとヴィムは徐《おもむろ》に話しはじめた。

「先ほどまでバルティスの王子と話をしていたのだが、まずはルシアノの処遇についてから」

「はい……」

いきなりルシアノの話になり、私はごくりと唾を飲み込んだ。あんなに大きな騒ぎを起こしてしまったのだから、ただでは済まないことは分かっている。処刑なんて言い渡されれば、ニコルはどうなってしまうのだろう。私はそれが心配でならない。

「ルシアノはすでにツェルナー侯爵家から追放されているため身分は平民だ」

この場にツェルナー侯爵がいないのは、そういった理由からだったのだろう。

「それで、どうなるんですか?」

私はバクバクと鳴り響く己の鼓動を抑えながら問いかけた。

「我が国における処分は国外追放に決まった。事件が起こったのはバルティスなので、ルシアノの処罰はバルティス側の判断で決まるそうだ」

「バルティスの処罰って、一体どんなものになるのでしょうか……」

ニコルは表情を歪め、震えた声で問いかける。

「安心しろ、処刑にはならない。誰も負傷者が出なかったことと、この騒ぎは公にはなっていないからな。王子の話によれば所持品の没収を考えているようだ。資金さえなくなれば、なにもできなくなると踏んだのだろう。自らの意思で貴族をやめたのだから、自業自得だと皮肉を言っていたよ」

私たちは、なんとも言えない気持ちになり言葉を詰まらせていた。

これがルシアノが選んだ道の行き着く先なのだろう。人の心を弄び身勝手な行動をした結果、もう誰も頼る人間なんていない。あとは自分の力で生きていくしかない。けれど、一からはじめたほうがいいのかもしれない。こんな生き方を続けていたら、いつか自分の身を滅ぼしてしまうと思うから。

「殿下、このたびはいろいろとご迷惑をかけてしまい申し訳ありませんでした」

ニコルは深く頭を下げて謝った。

「ニコル嬢、君がアリーセを助けようとしたことは事実だ。だから今回のことで君を咎《とが》める気はない。彼女のことを思うのなら、これからはもっと自分の行動に責任を持つことだ」

「はいっ……」

ヴィムの言葉を聞いて、ニコルは目に涙を滲ませた。その光景を見て、私は胸を撫でおろす。寛大な処置をしてくれたバルティスと、ヴィムに感謝の気持ちでいっぱいだ。

隣国バルティスではいろいろな出来事があったけど、私たちは無事に自国に戻ってくることができた。

私はこれからヴィムとともに王宮で暮らすことになるので、家族と一緒に過ごす時間は少なくなる。父とニコルとは帰りの船の中でたくさん話をすることができたけど、母とはまだちゃんと向き合えていない。いつも怖くて本音を口に出せなかったけど、今一番話をしなければならない相手は母だと思う。悩んでいる私の姿を見て、ヴィムは一日だけ邸《やしき》に泊まることを許してくれた。

港に到着すると、私はヴィムと一緒に一度王宮へ戻った。以前買った母の誕生日プレゼントをこの機会に渡そうと思ったからだ。

「アリーセ、本当に俺は一緒に行かなくても平気か？　日を改めて挨拶には行くつもりではいるが」

「私なら大丈夫です。ニコルや父がいますから」

私たちは家族なのだから、きっと分かりあえると信じている。

「そうか……」

彼は優しい声で呟くと、私のことを抱きしめた。以前、私たち親子が歪な関係であることをヴィムに話したので、きっと心配してくれているのだろう。

「明日、笑顔で帰ってきます」

「ああ、分かった」

私が微笑むと、ヴィムは少しほっとしたようで、唇に触れるだけの優しいキスをしてくれた。

「それでは、行ってきます！」

名残惜しさを少し感じつつ、私は王宮をあとにした。

プレゼントを手に、久しぶりに邸《やしき》に戻ってきた。

約一カ月ぶりなので、不思議な感じがする。今の私の心は懐かしさと緊張とさまざまな気持ちが入り交じっているのだろう。

(よし、行こう……！)

覚悟を決めて扉を開くと、久しぶりに見る使用人たちが笑顔で出迎えてくれた。

「アリーセお嬢様、お帰りなさい」

「ただいま」

その言葉が妙にくすぐったくて、懐かしい。この邸《やしき》にはたくさんの大切な思い出が詰まっていて、私の居場所でもあった。

「旦那様たちは、居間でお待ちです」

「ありがとう。行ってみるわ」

挨拶を終えると、私はすぐに居間へ移動した。母の顔を見るだけだというのに、一歩進むごとに緊張感は増していく。

「ただいま戻りました」

居間に到着して声をかけると、そこには父と母、そしてニコルの姿があった。

「お姉様、随分急いで来られたんですね」

ニコルは私に気づくと、ソファーから立ち上がってこちらに近づいてくる。あの事件が終わってから、ニコルは昔のように私にくっついてくるようになった。

そのとき、母と目が合いドキッと心臓が飛び跳ねる。母はじっと私を見つめたまま、ゆっくりと立ち上がった。

「……お母様、お久しぶりです」

緊張で声は強張り、顔も少し引きつっているかもしれない。それに比べて母は顔色一つ変えず真っ直ぐにこちらに歩いてくる。

「久しぶりね、アリー」

「お久しぶりです。お母様、これ……。少し遅れてしまいましたが、誕生日プレゼントです！」

私は慌てて用意していたプレゼントを手渡した。母はプレゼントを受け取ろうとして、手を滑らせて落としてしまう。私が拾おうとしゃがむと、頭上から「こんなものいらないわ」と冷めた声が響いた。

（え……？）

その瞬間、私の思考は完全に停止した。

「お母様！　なにを言っているのですか？」

私の代わりに、すぐさまニコルが答える。

「そうだぞ。それはアリーがお前のために……」

今度は父まで間に入ってくれた。

「まだ婚約が決まっただけだというのに、一カ月もの間まったく帰ってこないし、その上問題まで起こして。殿下と婚約したときは喜んだけど、最近のあなたは淑女として失格よ。浮かれすぎているんじゃないの？」

父の言葉を遮るように、母は私に向けて棘《とげ》のある言葉を並べる。

「そ、それは……」

実際その通りなので、私はなにも言えなくなる。

「お母様！　言いすぎです！　お姉様はなにも悪いことなんてしてません。仕事だって頑張っているし、隣国の訪問だって殿下の婚約者としての責務を果たしただけじゃないですか！」

「ニコル、あなたは黙っていなさい。私はアリーと話しているの」

母は割りこんできたニコルを睨みつけ、冷たい声で言い放つ。一瞬、ニコルは怯《ひる》むが、深く息を吐くと母を睨みつけた。

「黙りませんっ！　どうして、いつもお姉様にはきつく当たるのですか？　周りから優秀だと認められることって本当に大変なことだと思う。それだけ人よりも頑張ってきたって証拠でしょ？　一番近くで見ていたはずなのに気づかないなんて……、お母様の目は節穴ですか？」

ニコルはぎゅっと手を握りしめながら必死に伝えた。彼女の手はわずかに震えているように見える。おそらく、ニコルも母が怖いのだろう。

おそるおそる母を見ると、母は固まっていた。

「ニコルの言う通りだ。アリーは本当によくやっているよ。今回だってニコルを助けるためにルシアノ殿の前に立ちはだかったくらいだ。本当は怖かっただろうに、妹を守るために必死に動いていた。アリーは私たちの自慢の娘だ。もういい加減、亡くなったあの子に囚われるのはやめなさい。こんなによくできた娘が二人もいて、なにが不満なんだ」

父は私を擁護するように強い声で言い切った。これまで目を背け、間には一切入ってこなかった父が、初めて私のために言い返してくれた。父だけじゃない、妹であるニコルもだ。

（二人とも、私のために……）

二人に責められた母は困った顔をしている。ニコルと父のおかげで我を取り戻した私は胸に手を当てて深呼吸し、再び母に話しかける。

「お母様、これからは私の思うように生きていこうと思っています。お母様の厳しい躾《しつけ》があったから今の私がいる。それはすごく感謝しています。今は一緒に人生を歩みたいと思える人に出会えました。王太子妃になれば苦労も多いかもしれないけど、私には今まで培ってきたことがあるから、きっと大丈夫です」

付け加えるように「お母様のおかげです」と伝え、微笑んだ。

ニコルは私が持っている箱を見て「これって……」と呟いた。先ほど落とした衝撃で箱が開き、髪飾りが見えてしまっている。

「お姉様、ちょっとそれ見せてください」

「え？」

ニコルは髪飾りをじっと見つめると、しばらくしてから「やっぱり……」と続けた。

「どうしたの？」

「これ、私がお母様にプレゼントしたのと同じものです！」

「え……」

「もしかして、王都で殿下といたとき、お母様へのプレゼントを買いにきていたんですか？」

「そうだけど……」

私が戸惑ったように答えると、ニコルはおかしそうに笑いはじめた。

「ふふっ、考えることは一緒なんですね。私もあのとき、お母様の誕生日プレゼントを買いにあの店に寄ったんです」

まさかニコルと同じものを買っていたなんて思いもしなかった。

（どうしよう……。さすがに同じものをもらっても嬉しくないわよね……）

私は困ったように髪飾りを見つめていると、母の手が伸びてくる。

「お母様……？」

「本当に同じものね。あなたたち、私がほしいものをよく分かっているわ」

母の冷たかった瞳は消え、いつの間にひどく優しい顔つきに変わっていた。そして、私の手から髪飾りを取る。

「ありがとう、アリー。二人からのプレゼント、私の宝物として一生大切に使わせてもらうわね」

母は髪飾りを胸の前で抱きしめると微笑んだ。母のこんなに嬉しそうな顔を見るのはいつぶりだろう。幸せだった日常が壊れるまでは、当たり前のように見ていたはずなのに。たった一つの不幸な出来事で私たちの生活は一変してしまった。

けれど、今はあのときに戻れたような気がする。

「はいっ、お母様」

私は泣きながら笑った。つられてニコルや父も泣いているように見える。母は私のことを抱きしめてくれて、その温もりが懐かしくてとても心地よかった。

「アリー、今まで辛く当たってしまってごめんなさい。アリーの人生はアリーのものなのだから、これからはあなたが自分で決めて進んでいけばいいわ。私は遠くからあなたの幸せを願い見守っています」

「……っ、はいっ！」

昔の優しかった頃の母を思い出して、自然と嬉しさが込み上げてくる。

それにしても、まさかニコルと同じものを買っていたなんて思いもしなかった。その偶然のおかげで母と心を繋ぎ直すことができた。

これが偶然なのか、運命なのかは分からない。けれど、一つ言えることは私たちが行動を起こしたということだ。なにもしなければ、こんな未来を迎えることはなかった気がする。

（私がしてきたことは、決して間違ってなかった……）

そう思うと、今までのすべてのことに意味があった気がして報われた気持ちになる。無駄なことなんてなに一つなかったのだと思えるから。

この日は夜遅くまで家族団欒を楽しんだ。

翌日、私は朝から自室で荷物をまとめていた。服や身の回りのものを王宮に持って行こうと考えていたからだ。

「ずいぶんと散らかっているな」

「……え？　わっ、ヴィムっ、なんでここにっ！」

背後から聞き慣れた声がして、慌てて振り返るとヴィムが立っていた。

「ここがお前の部屋か……。入るのは初めてだ」

ヴィムは室内に視線を巡らし、感心したように呟いた。私は必死に誤魔化そうとする。

「恥ずかしいから、あまり見ないでくださいっ！　普段はこんなに散らかってないんです。今はたまたま整理をしていて……」

（なんでよりによって、こんなに散らかっているところを見られてしまうの……。だらしないなんて思われたら嫌だわ）

「俺もなにか手伝おうか？」

「いえ、もうすぐ終わりそうなので大丈夫ですっ！」

「まったく終わりそうな気配はないけどな」

「うっ……」

まさかヴィムが迎えにきてくれるとは思わずゆっくりと作業をしていたのだが、待たせてしまうのも悪いので、少しだけ手伝ってもらうことになった。

「私、お母様とちゃんとお話ができました」

「よかったな。ということは、お前を悩ませるものはすべてなくなったということか。これでようやくアリーセの心を独占できそうだ。長年の夢が叶いそうで嬉しいよ」

「え、……っ、いきなりなにを言うんですかっ！　わ、私の心はすでにヴィムだけのものです……」

急にそんなことを言われて、私は恥ずかしくてもじもじしてしまう。

「それは俺も同じだ。俺の心はアリーセ、お前だけのものだ。絶対にお前を幸せにすると誓う。俺の傍にいることを後悔させせない」

「はい……」

私たちは微笑み合い、心が通じ合っているのを再確認するかのように口づけを交わした。

私の新しい人生はまたここからはじまろうとしている。これから先、どんな苦悩があっても二人で力を合わせれば乗り越えられるはずだ。そう信じている。

（ヴィム、大好き……）

荷物の整理を終えると、私たちは階段を降りて玄関に向かった。そこには見送りにきてくれた両親とニコルの姿がある。

「ヴィム殿下、娘のことをどうかよろしくお願いします」

母は深々と頭を下げた。

「ああ、絶対にアリーセは私の手で幸せにする。さっきアリーセにもそれを誓ったからな」

「……っ、こんなところでそんなこと言わないでくださいっ……！」

ヴィムは相変わらず、さらりと恥ずかしいことを言ってくる。私は一人で照れて動揺していた。

「お姉様、寂しくなったらいつでも帰ってきてくださいね！」

「ニコル、ありがとう」

私が笑顔で答えると、ニコルは泣きそうな顔で抱きついてきた。

「絶対に誰よりも幸せになってくださいっ！」

「ありがとう……、ニコルもね」

私が優しく抱きしめ返すと、彼女は小さく頷いた。

「アリーのおかげで私たち家族はあるべき姿に戻れた。本当に自慢の娘だ」

「お父様、それは言いすぎです……」

父は穏やかな声でそう告げた。さっきから私ばかり恥ずかしくなっているが、嫌な気持ちは一切ない。まるで家族から新しい門出を祝ってもらっている気分だ。

「アリーセ、行こうか」

「はいっ！」

ヴィムが差し出した手を取り、私は歩き出した。

この作品に対する皆様のご意見・ご感想をお待ちしております。

おハガキ・お手紙は以下の宛先にお送りください。

【宛先】

〒150-6019 東京都渋谷区恵比寿 4-20-3 恵比寿ｶﾞｰﾃﾞﾝﾌﾟﾚｲｽﾀﾜｰ 19F
（株）アルファポリス　書籍感想係

メールフォームでのご意見・ご感想は右のＱＲコードから、
あるいは以下のワードで検索をかけてください。

アルファポリス　書籍の感想　検索

ご感想はこちらから

本書は、「アルファポリス」（https://www.alphapolis.co.jp/）に掲載されていたものを、
改稿のうえ、書籍化したものです。

婚約者《こんやくしゃ》が好《す》きなのは妹《いもうと》だと告《つ》げたら、
王子《おうじ》が本気《ほんき》で迫《せま》ってきて逃《に》げられなくなりました

Rila（りら）

2025年 3月 25日初版発行

編集－中村朝子・大木 瞳
編集長－倉持真理
発行者－梶本雄介
発行所－株式会社アルファポリス
〒150-6019 東京都渋谷区恵比寿4-20-3 恵比寿ｶﾞｰﾃﾞﾝﾌﾟﾚｲｽﾀﾜｰ19F
TEL 03-6277-1601（営業） 03-6277-1602（編集）
URL https://www.alphapolis.co.jp/
発売元－株式会社星雲社（共同出版社・流通責任出版社）
〒112-0005 東京都文京区水道1-3-30
TEL 03-3868-3275
装丁イラスト－花恋
装丁デザイン－ナルティス（原口恵理）
（レーベルフォーマットデザイン－團 夢見（imagejack））
印刷－中央精版印刷株式会社

ISBN978-4-434-35468-7 C0093